아, 단단히 끼였다

아, 단단히 끼였다

—

2020년 12월 14일 1판 1쇄 인쇄
2020년 12월 21일 1판 1쇄 발행

—

지은이 피터(Peter)
펴낸이 이상훈
펴낸곳 책밥
주소 03986 서울시 마포구 동교로23길 116 3층
전화 번호 02-582-6707
팩스 번호 02-335-6702
홈페이지 www.bookisbab.co.kr
등록 2007.1.31. 제313-2007-126호

—

기획·진행 허주영
디자인 디자인허브

—

ISBN 979-11-90641-29-6 (03810)
정가 15,000원

책밥은 (주)오렌지페이퍼의 출판 브랜드입니다.

이 도서의 국립중앙도서관 출판예정도서목록(CIP)은 서지정보유통지원시스템 홈페이지
(http://seoji.nl.go.kr)와 국가자료종합목록시스템(http://www.nl.go.kr/kolisnet)에서 이
용하실 수 있습니다. (CIP제어번호 : CIP2020052209)

아, 단단히 끼였다

Peter 지음

책밥

차 례

프롤로그

어느 날 낀대가 되어 있었다

낀대도 서럽습니다

단체 줄넘기를 하면서 가장 어려운 순간은 들어갈 때와 나갈 때다. 돌고 있는 긴 줄 안으로 들어가는 순간 바짝 긴장하게 된다. 나갈 때도 아슬아슬하게 빠져나가면서 긴장을 풀 수 없다. 반면 돌고 있는 줄을 넘을 때만큼은 상대적으로 주목받지 못한다. 잘 넘고 있으면 줄에 걸리기 전까지는 당연히 돌아가는 것처럼 쉽게 느껴지기도 한다. 하지만 단체 줄넘기 종목을 준비해본 사람이라면 알 것이다. 숫자를 세면서 실제로 줄을 넘는 그 순간이 상대적으로 눈에 띄지는 않더라도 가장 중요한 순간이라는 것을 말이다. 줄의 미묘한 변화에 맞춰 발을 구르는 순간순간은 늘 적응해야 하는 변화의 연속이다.

이 책은 줄을 넘고 있는 사람들에 대한 이야기다. 신입 사원
도 아니고 임원도 아닌 '끼인 세대' 혹은 '낀대'라 불리는 사람
들에 대한 이야기. 언젠가 올 것이라고 여겼지만 이제 막 회
사로 들어오고 있는 90년대 생의 이야기도 아니고 한때 성장
의 끝자락을 맛본 어르신들의 이야기도 아니다. 허리급이라
불리면서 가치 갈등 속에 하루하루 새로이 적응해야 하는 사
람들의 이야기다. 주목 받지 못하면서도 사회에서는 관념적
으로 매우 중요하다고 여기는 사람들 말이다.

전작 《회사언어 번역기》를 쓰면서 중간 관리자가 경영이론과
현실 사이에서 정말 중요한 역할을 한다고 이야기했다. 하지
만 이들이 어떤 상황을 마주하고 있는지를 다룬 이야기는 아
니었다. 우리 주변에 흔히 있는 이 이야기를 통해 누군가는
공감하고 누군가에게는 이해를 얻는 시간이 되었으면 한다.

소중한 이야기가 책으로 나오기까지 애써준 책밥 관계자들에
게 감사드린다. 더불어 책을 쓰는 남편이자 아빠를 이해해준
아내와 아들에게도 고맙다는 말을 전하고 싶다. 마지막으로
카카오 브런치의 글을 읽어준 독자들에게도 함께 가는 동료
로서 감사를 전한다.

어느 날 낀대가 되어 있었다

요즘 말할 때
다시 눈치를 본다

아침, 커피 타임에

이상한 일이다. 출근하고 본격적으로 일을 시작하기 전에 팀원들과 한 잔씩 하던 커피 타임에 요즘 나는 쉽게 입을 열지 못한다. 다들 말을 시작하면 그저 듣다가 겨우 몇 마디를 꺼내곤 한다. 나눌 이야기가 없는 것은 아닌데 선뜻 말을 붙이는 게 망설여진다. 그렇다고 좋은 아침이라는 인사를 건네는 것도 너무 의례적이라는 생각이 든다. 그냥 재미가 없어졌다고 해야 하나. 이렇게 며칠을 보내니 옆에 있던 후배가 한마디 했다.

"팀장님, 요즘 어디 아프세요? 말이 없어진 것 같으세요."

아프지 않은 나는 뭘까? 나다운 것은 뭘까? 친절한 그 말이 예전의 나는 말이 많은 사람, 커피 마시러 가서는 맨 처음 말을 꺼내는 사람, 화제를 내 맘대로 바꾸는 사람이었다는 것처럼 들린다.

어느 날 커피를 마시다가 나를 쳐다보고 있는 후배들의 눈빛이 문득 마음에 걸렸다. 업무 회의를 하는 듯한 표정. 이 자리에서 편안함을 느끼는 것은 혹시 나 혼자인 걸까? 내 앞의 후배를 보며 뭔가 잘못되어가고 있다고 생각했다. 내가 원하던 팀의 모습이 이런 분위기는 아니지 않았나. 내가 겪으면서 되풀이하지 않으리라 다짐했던 과거의 모습들. 숱한 커피 타임.

생각해보면 나는 어느 순간부터 흘러간 과거의 것을 주로 이야기했던 것 같다. 의견이나 안부를 묻다가도 내 이야기로 말을 흘리기도 하고. 사원 때 장착했던 눈치나 대리 때 자동으로 입에 달렸던 필터는 팀장이 되면서 사라졌나 보다. 한마디 꺼낼 때마다 느껴지던 긴장감. 말을 하고 나서 부지런히 표정을 살피던 습관. 이제 점점 그런 것은 희미해진다. 그러면서 나는 브레이크 없는 커피 타임을 가지게 된 것일 테고.

30대 후반이 되면서 전과는 다른 상황을 여럿 느낀다. 해야 하는 역할이 하루하루 달라지는 것 같다. 얼마 전 회사에서 팀장들을 모아 교육을 한 적이 있었다. 그 자리에 놓인 한 장의 종이. 팀원들과 주변 사람들이 나에 대해 어떻게 생각하는지 리더십 평가를 한 결과였다. 내가 모르는 사이 익명으로 조사한 종이에는 평소의 나에 대해 쓴 평가들이 대략 스무 줄 정도 있었다.

'실무는 능숙하게 하지만 너무 혼자서 다 하려고 한다.'
'쓴소리를 하면서 팀 관리를 하는 것도 필요하다.'
'평소에는 좋지만 어느 순간이 되면 자신의 입장을 강요하는 것 같다.'

이게 나라고? 인정하기 싫은 몇 줄을 보며 더 이상 종이를 보고 싶지 않다는 거부감을 느낀다. 아직 팀장보다는 실무자의 기질이 강하다는 말도 보인다. 한편으로는 팀장을 맡으면서 실무와 멀어져가는 내 모습이 싫기도 하고. 나름대로 요즘 친구들과 친하게 지내고 싶어서 쓴소리 대신 격려와 권유로 풀어나가려고 했는데 위에서는 그것을 탐탁지 않게 생각하는 것도 보이고.

그런데 이건 뭐지? 내가 언제 내 입장을 강요했다는 건가. 방금 윗줄의 쓴소리를 안 한다는 말과 앞뒤가 맞지 않는 것 아닌가. 분명 팀원이 쓴 것 같은데 어떤 일인지는 떠오르지 않는다.

'그래, 브레이크 없는 커피 타임'

언젠가 의식이 흘러가는 대로 말을 뱉어 누군가의 마음을 건드리지는 않았을까. 어렵다. 내가 너무 눈치를 보는 것 같기도 하다. 역할이 바뀌고 있고 바뀌어야 한다. 좋은 실무자가 되는 것에서 좋은 관리자가 되어야 하고, 직원의 입장에서만 이야기했었는데 어느새 나도 모르게 회사 편을 들고 있다. 내가 입사했을 무렵에는 중학생이었을 친구들이 벌써 신입 사원으로 들어오고 있는 것을 보며 시간이 꽤 흘렀음을 느낀다.

'끼인 세대'

위로는 꼰대들이 있고 아래로는 90년대 생까지 있다. 불과 몇 년 뒤면 2000년대에 태어난 친구들도 회사에 들어오겠지. 나는 아재이자 끼인 세대. 사실 아무도 내게 뭐라 하지 않는데 꼭 누가 뭐라고 하는 것만 같은 위치다. 그래서 상사들과 커피를 마실 때도 후배들과 밥을 먹을 때도 요즘 나는 입을 쉽게 열지 못한다.

예전은 맞고 지금은 아니다

"그거 들으셨어요? 옆 팀 팀장님이 신입 사원 야근시키고 있 잖아요. 거의 한 달 내내 야근하고 있는 거 같던데. 요즘 그러 면 안 되는 거 아니에요?"

팀 후배가 이렇게 이야기하는 것을 들으며 '옛날 같으면 하지 못했을 말인데' 하는 생각이 자동으로 스쳐 지나간다. 그 말을 속으로 넘기고 나면 맞는 말이라는 생각도 들다가 문득 내게 도 적용되는 말인 것 같아 뜨끔한다. 야근을 강제로 시키거나 마감에 대해 압박을 넣는 스타일이 아님에도 가끔 퇴근 시간 이 훌쩍 지났는데 자리에 앉아있는 후배들을 볼 때면 나도 누 군가의 이야깃거리가 되지는 않을까 우려가 된다.

아닐 거야, 나는 그러지 않았으니까.

'요즘 직원들의 마음도 알고 옷차림부터 말투까지 나를 다듬 고 있으니. 모르는 자리에서 까이는 꼰대 중 하나가 되거나 아예 아재로 굳혀지진 않았겠지.' 생각은 하지만 확신은 없 다. 빠르게 이야기가 도는 직원들의 단톡방 존재 여부도 알고 회사에서 지탄받는 몇몇 동년배 팀장들의 뒷담화도 종종 듣 는 입장에서 이유는 모르겠지만 노력해야 할 것 같다는 생각 이 든다.

"아, 나 어제도 야근했어. 요즘 들어오는 애들은 배우는 게 느려. 이 대리 가르칠 때만 해도 모두들 그 정도만 가르치면 다 그렇게 하는 줄 알았어. 그런데 다 그런 게 아닌 것 같아. 요즘 걔 가르치다가 내가 집에 늦게 가. 안 그래도 집에서 자꾸 늦게 들어온다고 뭐라고 하는데… "

아침 뒷담화의 대상이던 팀장과 미팅을 하면서 들은 이야기. 얼굴색이 안 좋던 그 팀장은 알고 보니 같이 야근을 하고 있었다. 어느 한쪽 편을 들기에는 다 사정이 있는 이야기다. 나는 같은 팀장으로서 방금 들은 말에 더 공감이 갔다.

사실 이 대리는 처음에 들어왔을 때 혼자 야근하며 일을 홀로 익혔다. 빠른 시간 안에 자리 잡은 이 대리에게는 보이지 않는 노력이 있었다. 노력인지 노오력인지 모르는 그것. 노오력이라고 폄하할 생각은 없지만 훌쩍 달라진 지금 시대에는 52시간 안에 모든 것을 해내야 한다. 어렵다.

"팀장님."

상사가 이렇게 부를 때는 겁이 난다. 뭐 요즘은 후배가 이렇게 불러도 겁나긴 하지만. 이번에 부르는 것은 무슨 일을 덜컥 내리꽂거나 아니면 인사 관련 면담이리라.

"요즘 사원들 중에 회사 적응을 못하는 직원이 있는 것 같은데 좀 알아봐줘요. 내가 볼 때는 예전보다 다닐 만한데 이상하게 인사 팀 통해서 그런 이야기가 들어오네. 그래도 팀장님이 직원들하고 두루 친하니까 좀 알아보고 다음 미팅 때 그런 이야기도 좀 해줘. 알겠죠?"

대부분 상사들의 기저에는 예전보다 일하기 편해졌는데 왜 그러냐는 생각이 깔려있다. 그리고 요즘 상황을 대강 이야기했을 때 별로 바뀌는 것도 없다. 물론 말할 때 한마디 한마디에 관리자 혹은 실무자 중 어느 한쪽으로 기울지 않게 고도의 스킬이 들어갔지만. 차마 옆 팀 신입 사원 이야기를 그대로 전할 수는 없었다. 그래서는 안 될 것 같다. 하지만 그냥 넘어갈 수도 없는 노릇.

"요즘 일시적으로 업무 교육 때문에 조금 늦게 퇴근하는 팀이 있는 것 같습니다. 물론 필요한 일이긴 한데 자주 하지 않도록 진행하는 것이 좋을 것 같습니다."

필요한 일. 내가 은근히 밀어넣은 이 표현이 상사의 마음에 쏙 들었나 보다.

"그치. 그럴 거 같았어. 요즘 신입 많이 들어오고 나서 아무래도 시간이 필요할 거라고 생각은 했거든. 알겠어요."

생존과 공존 사이에서 선택을 한 후에 찾아오는 뭔가 헛헛한 마음. 그리고 옆 팀장을 찾아가 커피 한 잔 한다.

"팀장님. 집에 늦게 가지 마세요. 어렵게 가르쳐봤자 요즘 고마워하는 애들이 몇 명이나 된다고. 그냥 기본만 가르치다가 나중에 프로젝트할 때 빡세게 하면 되죠."

말 틈에서 힘겹게 이야기를 꺼내놓았다. 피곤함에 절어 있었는지 내 말에 긴 생각 없이 즉답이 튀어나왔다.

"아니, 나는 그래도 지 걱정돼서 이러는 거지. 배워야 할 때 못 배우면 나중에 어떻게 되겠어."

여기서 더 깊이 들어가는 것은 한 세계에 대한 충돌이다. 적을 만들면 안 되는 회사 생활에서 한마디 더 얹는 것은 늘 많은 선택을 요구한다. 매 순간 머릿속에서 돌고 있는 손익 수지 계산은 대부분 한 방향을 향한다.

"그렇죠…. 저도 그렇게 생각합니다."

가는 곳마다 말을 더 할 수 없다. 빗장을 풀기에는 너무 많은 세계가 존재하고 나는 그 속에서 딱 가운데, 끼인 역할을 담당하고 있다. 누군가에게는 꼰대로, 누군가에게는 풋내기로. 사실 어디서도 좋다는 이야기를 듣기에는 아쉬움이 있고 나쁘다고 하기에도 어중간한 사람. 동기 외에는 이런 걸 나눌 사람이 별로 없고 집에서 말하기에는 복잡한 배경을 다 털어놓아야 하기에 아예 입을 닫고 사는 사람이 되어버렸다.

회사가
힘이 없어졌다

내가 알던 회사가 아니다

점심 때 마신 커피의 카페인 기운이 모두 빠져나간 오후. 모니터 창 너머로 회사 메신저에 팝업 창 하나가 떴다.

'잘 지내?'

몇 년 만에 연락이 온 회사 동기다. 이미 결혼한 친구인데… 돌잔치도 예전에 갔었고. 둘째라도 생긴 건가? 의문이 드는 순간,

'나 이달 말까지만 나오고 퇴사해.'

이어진 한 줄에 잠시 타자가 멈춘다. 뭐 동기가 퇴사한 게 어제 오늘 일이냐마는 이제 얼마 남지도 않은, 그래도 말 좀 통한다는 동료의 퇴사는 뭔가 얼얼한 기분이다. 이미 나갈 친구들은 다 나가고 오랜만의 일이라서 그런 건가. 하긴 퇴사를 실제로 하고 안 하고의 문제일 뿐 우리는 모두 고민하고 있었다. 그러니 언제 그만두어도 이상하지 않을 것이다.

신입 사원으로 이 회사에 지원하던 시절에는 꽤 괜찮은 곳이었다. 요즘 잘 나간다는 스타트업 못지않은 성장을 하고 있었고 젊은 기업 문화로 대내외에 알려진 곳이었다. 막상 들어와 보니 외부의 평가와는 약간 차이가 있었지만.

야근의 연속은 성장을 위한 당연한 희생 정도로 생각했고 그 와중에 어렵지 않게 승진하던 선배들, 지긋한 나이에도 좋은 실적으로 좋은 자리를 연속으로 꿰차던 선배들을 보면서 우리도 저렇게 될 거라는 막연한 믿음도 있었다. 정년 보장까지는 아니더라도 선배들이 누리던 것을 우리도 별 어려움 없이 누릴 수 있을 거라는 믿음이 많은 어려움을 참게 만들었다.

그래서 상사 욕은 했어도 회사 욕은 하지 않았다. 회사는 옳지만 상사가 잘못되었다고 생각했으니까. 단지 상사의 무능함이 내 미래가 되지 않도록 안주하지 않고 노력했다. 그런데 어느 순간 이런 믿음은 서서히 사라졌고 회사에 대한 로열티는 언젠가부터 스스로를 발목 잡을 뿐이었다.

'아무래도 자신이 없다. 이제 더는 못하겠다.'

구체적으로 무엇을 더 못하겠는지 물어볼 필요도 없었다. 자리는 다르지만 우리는 비슷한 정서를 겪으면서 시간을 보내왔으니까. 회사는 더 이상 예전의 그 모습이 아니다. 어느 날부터 회사는 삐걱거렸다. 늘 잘 나오던 매출이 목표에 힘겹게 접근하던 날에는 그게 그렇게 큰 문제인지 몰랐다. 일시적인 부진 정도로 생각했으니까. 하지만 당시 막내와 바로 그 위 연차였던 우리는 사람들이 더 이상 우리를 예전처럼 좋아하지 않는다는 것을 알았다.

선배들의 여유로운 생각과는 달리 고객과 만나는 최접점에 있던 직원들은 분위기가 달라졌음을 알고 있었고 변화의 폭은 차장, 부장 어르신들이 보고서를 몇 개 고친다고 해결될 정도가 아니었다. 그들이 뭔가를 더 해보려고 하면 할수록 몇 평 안 되는 운신의 폭에서 더 깊은 수렁에 빠질 뿐이었다. 숱한 야근을 하면서 대안을 준비하고 정신 교육과 다름없는 미팅들을 견뎌야 했다. 오래 지나지 않아 부진의 원인이 우리라 며 회사는 몰아붙였고 몇 명은 시범 케이스가 되어 회사의 냉대를 몸으로 당해내야만 했다.

스스로를 잘 모른다고 생각하는 친구들은 이런 절차는 당연한 것이라 여겼지만, 세상을 좀 안다는 친구들은 그리 길지 않은 근속 기간을 뒤로 하고 살 길을 찾아 과감히 회사를 떠났다. 하지만 이때까지도 우리에겐 선배들이 누리던 것을 누릴 수 있다는 믿음이 있었고 말라가는 늪에서 몸부림치는 민물고기의 모습이 우리가 될 거라는 생각은 하지 않았다.

'이번에 헤드헌터한테 제안이 왔는데 너무 좋더라고. 언제 저녁이나 먹자, 조만간.'

이 친구는 이런 환경 속에서도 인정받으며 회사를 다니던 부류였다. 꿈이 큰 친구였다. 먹고 사는 문제에 바쁘던 나와 동기들 사이에서 조금 허황될 정도로 이상적인 구석이 있는 친구였다. 정말 경영을 하고 싶고 성공하고 싶고 자기가 생각하던 아이디어를 회사에서 실현해보고자 들어온 친구였다.

'우리 회사 크잖아. 작은 데보다는 할 만한 일이 많잖아.'

스타트업에서 일하다가 대기업으로 왔다는 이 친구한테 이 회사는 안정적으로 월급을 주는 곳이라기보다 원하는 그림을 더 빨리 그려줄 수 있는 곳에 가까웠다. 하지만 이 친구의 진정성이 시험당하는 데는 오랜 시간이 걸리지 않았다.

해당 사업부가 몇 년간 실적 부진에 시달리자 사람을 쳐내고 비용을 쥐어짜면서도 정작 왜 이 지경이 되었는지 반성하는 사람은 존재하지 않았다. 책임을 져야 할 사람은 슬그머니 다른 부서로 도망가거나 여전히 그 자리에 앉아 아래 직원들에게 실적 회복을 종용할 뿐이었다. 친구가 환멸을 느낀 건 그 시기였다.

'나는 우리 회사가 조금만 더 버텨줬으면 좋겠어. 내가 뭔가 의사결정을 할 수 있을 때까지 말이야. 그런데 지금은 그런 날이 올까 싶다.'

몇 개월 전 이 친구와 나눈 메신저 대화 내용을 보면서 이미 마음이 떠난 것을 알 수 있었다. 겹겹이 쌓인 핑계와 왜곡된 조직 문화는 실적보다 더 소중한 동기부여를 앗아가버렸다. 사무실에 가만히 앉아 주위를 둘러보면 열심히 일할수록 더 상처받고 나가떨어지는 속도도 빨랐다. 시장 변화를 외면하고 과거의 작은 성공에 안주하며 찌든 선배들은 여전히 좋은 대우를 받으며 회사에 다니고 있지만 진정성 있는 동기들이나 후배들은 어느 날 사다리를 빼앗기고 말았다.

입사할 때 연차에 상관없이 실력에 따라 단기간에도 승진할 수 있다는 인사팀장의 말은 허언이 되었다. 10년이 넘어도 과장이 되지 못한 동기들이 널렸다. 회사에서 나가라는 메시지를 보낸 것 같아 보이지만 이들이 나가면 회사 업무는 송두리째 무너진다. 물론 위에서는 이걸 알 리 없다. 의사결정의 꿈은 소수에게만 허락되었고 10년 뒤에 이런 일이 기다리고 있을지 몰랐던 청춘들은 사기를 당한 셈이다.

최근 몇 년간 몇몇은 성과급을 반의 반 토막도 아니고 전혀 받지 못하게 되었다. 그러나 라인을 잘 잡은 선배들은 도무지 이해할 수 없을 정도로 더 잘나가서 자기 자리들을 꿰차고 앉아 실무자보다 의사결정자가 더 많은 조직을 만들어버렸다. 마치 초고령화 사회에서 일할 수 있는 적은 수의 젊은 세대가 많은 수의 은퇴 연령들을 먹여 살리는 것처럼.

지금처럼 정보가 있었으면 얼마나 좋았을까

가만히 생각해보면 우리는 너무 정보 없이 입사를 했다. 우리 때도 입사는 어려운 것이었다. IMF 세대의 선배들까지는 아니지만 점점 취업문이 좁아지는 시기에 있었고 몇 개월 더 빨리 취업 전선에 뛰어든 친구들에 비해 조금 늦었던 친구들은 더 격렬한 경쟁에 시달렸다. 산업이 변해가는 과정이라는 시대의 흐름을 읽지 못한 탓이었다.

그 와중에 우리에게 회사에 대한 정보를 줄 수 있었던 것은 기껏해야 우리끼리 만든 취업 스터디나 학교 취업 정보과 자료들, 그리고 이미 입사한 선배 정도였다. 취업 정보과의 자료는 입사율을 높이기 위한 것으로 회사의 실제적인 비전이나 문화는 사실상 얻을 수 없었다. 우리가 가장 신뢰했던 정보는 입사한 선배들과 저녁을 먹으면서 하는 이야기 정도였는데, 그때 숨죽이며 듣던 이야기들을 생각해보면 회사에 들어간 지 몇 년 안 되어 아직 물이 덜 빠진 사원이 보는 깊이 정도였으니 정보가 너무 없었던 것이다.

하지만 지금은 마음만 먹으면 회사 내부 정보를 알 수 있는 서비스가 정말 잘 되어 있다. 현직자나 전직자가 장단점을 소신껏 알려주는 사이트도 있고 연봉이나 정확한 퇴사율, 근속 연수까지도 알 수 있다. 심지어 기업 문화에 대한 설문을 통해 나와 매칭이 되는지도 분석해준다. 이미 변해버린 산업 지형도를 볼 눈이 생겼다는 것도 기업을 고르는데 큰 힘이 된다. 그때 우리는 왜 이런 걸 누리지 못했을까. 그렇다고 선배들처럼 대마불사를 누빌 수 있었던 세대도 아니고. 피해의식이라면 피해의식이지만 뭔가 끼였다고 말할 수 있는 위치다.

가장 높은 곳에 올라와 보니 생각보다 별 게 없어서 실망했지만 그 자리에 올라오려고 하는 친구들에게 성취가 쓸모없어졌다는 이야기는 하기 싫어 거짓말을 했다는 일화도 있다. 정보 비대칭의 높은 벽에 쌓인 기업이라는 곳에 어울리는 일화 아닌가. 다행스럽게도 우리 동기들 중에는 의사결정을 내릴 수 있는 자리에 있는 친구들도 있다. 처음에는 빠른 승진을 한 이 친구들을 우리는 참 부러워했다. 축하도 많이 했고. 하지만 정말 자기가 할 수 있는 의사결정이란 게 거의 없다는 것을 아는 데는 오랜 시간이 걸리지 않았다.

기득권을 잡은 선배들이 하는 생각이나 말을 거스를 수 있는 것은 오직 실적뿐이지만, 99번 좋은 실적을 내다가 한 번 실수하면 내쳐지는 게 회사였다. 대신 99번 말 잘 듣는 친구가 한 번 성공 비슷한 것을 할 경우엔 환영받는 것을 수도 없이 보게 되었다. 길들여지는 데는 오랜 시간이 걸리지 않았다. 회사를 변화시키려는 시도는 얼마나 순진한 것이었나. 회사원이라는 정체성을 각인하는 것은 금방이었다.

'축하한다. 나보다 먼저 가는구나.'

축하의 말 뒤에는 미처 하지 못한 말이 서로 많았다. 얼마 남지 않은 좋은 의자를 돌아가면서 나눠 앉는 선배들 틈바구니에서 나가는 친구가 진심으로 부러웠다. 물론 그 좋은 의자가 앞으로 더 많아질 수도 있고 직원 전체의 의자가 더 좋은 것으로 업그레이드될 수도 있다. 언젠가는 세대교체가 되어서 빛을 못 보던 친구들이 드디어 실력 발휘를 할 수도 있다.

그런데 그러기에는 너무 지쳤다. 긍정적인 생각을 해야 하는데 그러려면 과거에 본 기억들을 어느 정도는 지워야 가능할 것 같다. 나이가 들수록 그게 더 무서워진다. 이런 이야기를 회사에서 같이 나눌 사람이 없어진다는 것이 더 큰일이고. 요즘 말수가 줄어든 이유에 이런 것도 포함되는 건지 잘 모르겠다. 입은 닫고 있지만 머리는 바쁘게 돌아가고 있다.

내가 지원했던 회사들이
구조조정을 한다

변화, 말로는 쉬운 이름

세상이 변할 거라는 생각은 어릴 때부터 했지만 이렇게 급속도로 바뀔 줄은 몰랐다. 변화, 내가 아는 변화란 더 좋은 휴대전화가 출시되고 새로운 사양의 컴퓨터가 나오는 것 정도였지 기존에 좋았던 게 나빠지는 변화는 생각해보지 않았다. 빛나 보이던 회사들이 구조조정에 허덕이는 것을 보면서 새삼 변화의 무서움을 느낀다.

'Long New, Short Old'

최근 주식 시장에서 유행하는 격언이다. 코로나19 이후 언택트 관련 기업에 주식을 투자하고 과거에 빛났던 전통 산업 주식을 팔라는 말이다. 그래, 투자는 그렇게 하면 되지. 주식 계좌에서 주식을 팔고 새로운 산업의 주식을 산다. 그런데 직장은 어떻게 하지? 당장 소득의 전부를 차지하는 직장은 모두 'Old'에 속해있지 않나? 오프라인을 기반으로 하는 제조, 유통 등의 사업과 좋은 직장이라 불리던 항공, 중공업, 건설 등이 모두 이 'Old'에 속해있다.

잘나가던 선배들이 입사했던 회사가 모두 힘들다는 뉴스로 덮힌 상황. 벌써 여럿은 자영업자가 되어 얼마 전까지만 해도 생각해보지 못한 일을 하고 있다. 또 여럿은 최근 휴직에 들어가버렸고. 어릴 때 생각과 달리 '변화'라는 단어는 일상에서 항상 좋은 의미로만 다가오지 않았다.

"옆 팀 대리 있잖아. 이번에 스타트업으로 갔대. 벌써 몇 명이 그렇게 간 거야?"

동기뿐 아니라 매달 적지 않은 직원들이 회사를 그만둔다. 그리고 스타트업 등 전혀 생각해보지 않았던 직장으로 옮겨간다. 더 유망해 보이는 'New'로 옮겨가는 후배들. 예전에는 그런 직장이 있지도 않았고 그런 산업이 존재하지도 않았다. 하지만 이제는 모두가 선망하는 직장이 되었고, 과거 재무제표만 보던 입장에서는 좋은 회사가 아니지만 모두가 좋다니 좋은 직장이 되어가는 것 같다.

이제 나는 어떻게 해야 할까. 내가 생각했던 장래희망은 너무 순진한 것이었다. 정보가 너무 없었고 세상이 변할 동안 변화의 속도는 체감하지 못했다. 입사하고 나서는 회사 외부보다 내부를 바라보는 데 많은 시간을 썼다. 이 회사에서 많은 것을 누리지도 못했지만 그렇다고 다른 곳으로 떠나기에는 너무 많은 두려움이 생겼다.

사실 이러지도 저러지도 못하고 있다. 로열티 같은 것은 전혀 남아있지 않지만 변화에 대한 적응은 너무 느리다. 거의 10년 가까이 함께 일했지만 어느 날 작은 회사로 옮겨간 동기가 새로운 곳에서 잘나간다는 이야기. 그냥 잘나가는 것도 아니고 임원이 되었다는 이야기를 듣고 성공의 방정식이라고 생각했던 것이 허물어지는 느낌이 든다.

"일단 좋은 대학을 가야지. 그 다음에는 네가 원하는 대로 다 할 수 있어."

걱정하지 말고 공부만 하라던 선생님과 부모님. 과거의 조언들이 오늘의 나를 만들었다. 하지만 변화를 내 것으로 만드는 교육은 포함되어 있지 않았다. 생각하는 것보다 집어넣는 것이 더 높은 효율을 뽑아낼 수 있다는 믿음은 다른 길을 생각할 수 없도록 만들었다. 핑계일까? 하긴 그렇지 않은 친구들도 있으니까.

한때 잘나갔던 직장을 어쩔 수 없이 그만둔 선배의 이야기가 SNS에 올라온 것을 보았다. 누구나 가고 싶어 했던 중공업. 나도 원서를 쓴 기억이 난다. 멍하니 창밖을 보면서 그때 이 선망하던 직장에 합격했으면 지금쯤 짐을 싸고 있지 않았을까 하는 생각을 하며 지금 상황에 만족해본다. 살아남는 게 더 중요한 입장이 되고 있으니.

변화, 나는 분명 대응하고 있다

변화를 거부하지는 않는다. 나는 그런 선배들과는 다르다고 생각하며 살았다. 단지 모르는 것을 조심할 뿐이다. 작년부터 안 하던 일을 하기 시작했다. 다른 회사로 면접을 보러 다니는 것이다. 이직하면 좋지만 이직하지 못하더라도 얻는 것이 있었다. 시장에서 생각하는 나의 가치. 한 회사를 오래 다니는 게 꿈은 아니었는데 그동안 만족하며 다니다 보니 이렇게 되었다. 이 회사 역시 언제까지나 좋을 수 없다는 생각이 나의 시장 가치를 정확히 알고 싶게 했다.

"한 회사를 오래 다니셨네요. 그런데 우리가 생각하는 것과는 경력이나 역량이 조금 다른 것 같아요. 오래 다닌 것은 뭐 문제될 것 없지만 경력직으로 오셔서 할 수 있는 일이 우리 생각과는 조금 다른 것 같은데요."

면접 자리에서 얻을 수 있는 최고의 정보는 세상에서 나를 어떻게 생각하는가다. 신입 사원 때는 너무 아는 게 없어서 주어진 일과 스킬들을 그저 내 것으로 만드는 데 집중했다. 그리고 일을 좀 알고 나서는 더 잘해보고 싶은 생각에 성과라는 것을 만드는 데 집중했다. 그러는 동안 나를 돌아보는 눈은 이 회사의 관점에서밖에 없었다. 내가 얼마나 환영받는 경력직이 될 수 있는지는 관심이 없었던 것이지.

애플 본사에 다니는 어떤 팀장이 팀원들을 어떻게 동기부여시키는지 SNS에서 우연히 본 적이 있다. 첫 면담에서는 너를 업계에서 유명한 사람으로 만들어주겠다고 말한다. 그럴 가치가 있는 프로젝트를 하고 포트폴리오에 남겨지는 단어들을 가치 있게 만들어주겠다고. 애석하게도 나는 선배들로부터 그런 이야기를 들은 적이 없다. 단지 눈앞의 일이 더 빨리 결과로 이어지도록, 그렇게 쥐어짜기를 요구받았다. 돌아보면 그런 것은 내게 남는 것이 없었다.

선배들과는 다른 팀장이 되리라 마음먹었다. 업계에서 원하는 사람이 되고 우리 팀원들도 그렇게 만드는 것이 좋은 팀장이라 생각했다. 그래서 아무도 하지 않는 일을 시작했다. 팀원들과 스터디를 하는 것이다. 지금 우리 회사에서는 쓰지 않는 기술이지만 다들 가고 싶어 하는 회사에서는 이미 쓰고 있는 기술을 공부하기 시작했다.

내가 먼저 방법을 익힌 후 일주일에 한 번씩 업무시간 내에 정기적인 스터디를 시작했다. 젊은 팀원들은 긍정적인 반응이었다. 이런 방법이 좋은 길이라고는 생각했지만 시간이나 비용을 따로 투자하기는 현실적으로 어려웠을 테니까. 이걸 한다고 누가 좋게 평가하기를 바란 것은 아니지만 나름 의미를 갖고 만든 이 스터디는 잘 진행되었다.

"왜 팀원들 교육을 따로 시키는 거야? 그렇게 해봤자 걔들은 얻을 것만 얻고 다른 회사 가면 그만인데. 개네들만 좋은 일 시키는 거야. 괜히 시간만 버리지 말고 그냥 시켜. 다 어른들 이야. 알아서 살아남으려고 하겠지."

주변 선배들이 하는 말이 영 틀린 말은 아니라고 생각하지만

내가 받지 못한 배움을 후배들에게 나눠주고 싶었다. 이 회사만 바라보다가 경쟁력 없는 사람이 되는 것은 원치 않는다. 그들이 이런 교육을 환영하는가와는 별개로 이것이 업계에서 다음 단계로 바라보는 방향이라면 그렇게 가는 데 도움이 되고 싶다.

그런데 나는?

그런데 니는 이렇게 하지? 새로운 기술을 알아도 이제는 너무 나이가 많다. 어중간해진 것이지. 면접을 다니면서 새로운 방향을 찾아 퇴근 후에 공부하지만 그걸 알아줄 사람은 이 회사 안에 드물다. 팀원들을 경쟁력 있게는 만들 수 있어도 나는 괜찮은 걸까? 대학 시절 읽은 글 중 미래에는 한 사람이 사회 생활을 시작하면서 은퇴할 때까지 9개 정도의 직업을 갖게 될 거라는 내용이 있었다. 당시에는 너무 막연한 내용이었다. 한두 개면 몰라도 어떻게 9개나 할 수 있겠어?

아니다. 이제와 돌아보면 우리는 자의든 타의든 여러 직업을 가질 수밖에 없는 상황에 있다. 지금 신입 사원으로 입사하는 친구들처럼 경쟁력 있는 직무를 해오지는 못했지만, 그리고 실력과 상관없이 이른 승진과 많은 보수를 받던 선배들처럼은 아니지만, 나는 이 상황에서 답을 찾아야 했고 직무 변화는 등 떠밀리듯 하고 있다.

오프라인에서 물건을 팔던 친구는 온라인에서 물건을 팔고 있고 오퍼레이팅을 하던 친구들은 모두 새로운 것을 도입해 일을 하고 있다. 그렇게 하지 않았던 상당수 비슷한 또래는 이미 회사에서 필요 없는 인물이 되어버렸거나 다른 회사를 가도 부진한 실적에 위기를 겪고 있을 뿐이다. 나도 사회 생활을 시작하고 벌써 몇 개째 직무를 맡고 있는지 모르겠다.

파이선을 서른다섯이 넘어서 처음 만져보았다. 프로그래밍은 남 이야기인 줄 알고 살았는데 살다 보니 엑셀이 아닌 툴에 대해서도 고민할 일이 생겼다. 이상한 일이었다. 변화에 따라가는 것은 졸음을 참아가면서 코딩을 하는 것만큼 피곤한 일이지만 그래도 해야만 한다. 그렇게 배운 것과 관련 있는 직무로 옮기는 데 성공했다.

새로운 프로젝트도 하게 되고 시장에서 생각하는 트렌드도 따라가는 데 한 걸음을 내딛었다. 하지만 이것도 지나가는 과정일 뿐 계속되는 변화에 내던져질 것이다. 예전보다 더 잦은 주기로 변화를 경험할 것이고 변화를 받아들이지 못하는 시간이 오면 자의든 타의든 사라지겠지. 퇴근하고 쉬고 싶지만 마음이 마냥 분주한 것은 어쩔 수 없는 일이다.

라떼가 좋아지기
시작했어요

경험, 무서운 패턴

사람은 익숙해지는 시기가 온다. 무슨 일이든지. 어떤 일은 절대 적응할 수 없을 것 같다고 생각하지만 지나보면 어느 샌가 거기에서도 적응하고 있는 모습을 볼 수 있다. '블랙 기업'이라 불리는 회사에서도 사람들이 살아가고 나름의 정글을 만들어 누군가는 장기 근속을 하고 있다. '어둠을 밝히는 등대 같은 회사에서도, 사람을 갈아넣는다고 불리는 지옥 같은 회사에서도 사람은 살아간다.'라고 회사 생활 10년 차인 나는 생각한다.

익숙한 출근길. 며칠이나 이 지하철 위에서 시간을 보냈을까. 오르내린 계단은 몇 개나 될까. 생각해보면 기계적으로 살아온 시간이 많다. 사무실 위치는 바뀌었을지언정 패턴은 크게 다르지 않다. 주식 시장이 개장하는 아침 9시에는 화장실 칸칸마다 문이 닫혀 있고, 일을 시작하기 전 최소 몇십 분은 이야기하는 대상만 바뀐 티 타임이 무의미하게 연속되고 있다. 카페나 차릴 걸 하는 말을 수백 번은 더 하면서 말이다. 새롭지 않다. 대부분은 예전에 보던 것이고 적응해버린 것이다.

요즘 많이 이야기하는 '머신 러닝'도 과거의 데이터에서 패턴을 찾아 새로운 데이터를 넣었을 때 그 패턴을 분석해 새로운 일의 확률을 예상하는 일이라지. 머신 러닝도 라떼라고 위안 삼으며 오늘도 출근길에 오른다. 컴퓨터를 켜고 가장 먼저 하는 일은 메일 읽기와 매일 사용하는 프로그램을 여는 것이다. 회사 메신저에서 가장 먼저 말을 거는 대상도 대부분 크게 다르지 않다. 놀라울 만큼 일관된 패턴이 쌓여 있는 셈이다. PPT에 서식 넣는 것부터 보고서 내 특유의 표현까지 사람이 아니라 기계가 하는 것처럼 패턴이 그대로 남아있다. 설마 고인물은 아니겠지.

그래서일까. 어느 순간부터 회사 일이 예측 가능해졌다. 회사에서 어떤 방향으로 의사결정을 내릴 것이고 그러면 곧 무슨 일이 우리에게 벌어질지. 그래서 오래 다닌 차장, 부장들은 연차를 쓸 수 있을 때 미리 쓴다. 대단한 예측력이 아닐 수 없다. 머신 러닝에게 시켜도 오랜 시간 학습시켜야 할 것 같은 패턴들을 차장, 부장들은 너끈히 해내고 있는 셈이다.

실무자도 꼰대도 아니라고 생각하는 나 역시 그렇게 되어가고 있다. 새로울 일이 거의 없다. 때로는 새로운 패턴에 놀라지만 대부분은 윗사람이나 조직의 예측 결과가 달라서가 아니라 '개 회사 그만뒀어?'라는 말에 놀란다. 물론 이렇게 놀라고 있으면 어느샌가 꼰대 선배들이 '내가 그럴 줄 알았지' 하고 지나가면서 한마디 거들지만. 아직 꼰대력 혹은 머신 러닝이 부족한 것인가.

업무도 예측으로 한다. 과거에 많이 했던 경험으로. 그래서 방법을 빨리 찾는다고 생각한다. 마치 수학 문제집을 많이 풀다 보면 어느새 문제만 봐도 무슨 이론을 적용해 풀어야 할지 파악하는 것처럼 말이다. '강과 강 사이에 세 개의 지점과 거리. 아, 삼각함수!' 하는 것처럼 '이번에 신규 사업을 새로 해야 할 거 같은데…'라는 말이 나오면 내가 해야 할 일의 첫 번째부터 어느 순서까지 마치 누군가가 코딩을 해서 코드를 써놓듯 머릿속에 떠오르기 시작한다.

그래서 경험을 신뢰한다. 실패를 하면, 실수를 하면 죽는 줄 알았던 시대를 산 선배들과 함께 비슷한 일을 오랜 시간 반복해서 했으니 업무에 새로울 게 없다. 새로운 일도 이제는 새로운 부류의 일이 아닌 게 되어 어떻게 해야 하는지 이미 안다. 이게 고인물로 가는 중요한 지점임을 모른 채.

"출점하려는 지역 주변의 상권 데이터를 토대로 모델링을 돌려본 결과 현재 입지에 적합한 업종으로 보이지 않는 관계로…"

어느 날 데이터를 사용하기 시작했을 때 회사의 대부분은 우리도 데이터를 쓴다는 어렴풋한 기대감이 있었다. 적어도 기존에 실패한 것은 피드백이 될 테니까. 하지만 어느 순간 돌아보니 데이터로 말하는 사람, 특히 맨 앞줄에서 뛰었던 사람들은 더 이상 회사를 다니고 있지 않다는 것을 알게 되었다.

"그거 몰라요? 이번에 IT 회사로 갔잖아요. 여기서 그렇게 말해봤자 위에서 듣기나 하나 뭐."

가슴 아픈 말이었지만 실제로 그렇다. 충분히 이해가 되었다. 회사는 아직 라떼 추종자들이 바리스타를 하면서 경영을 이끌고 있다. 작은 것은 데이터를 통해 부하 직원들을 혼내는

데 쓰지만 정작 데이터가 필요한 큰 의사결정은 경험과 감으로 하고 있다. 너무 큰 일이라 잘못된 것은 아닌가 생각할 겨를도 없이 일이 그렇게 진행되고 있다. 논리적으로는 앞뒤가 척척 맞으니까. 그런데 그 전제가 바뀌었다는 것은 모른다.

돌아보기, 계속 돌아보기

"지난 번 시장 조사 결과가 이러니까 이번에 이렇게 하는 게 당연한 거 아니야. 왜 그걸 안 해서 실적이 이렇게 났냐고."

이런 말을 들을 때면 그 '시장 조사'라는 것에 대해 몇 번이고 말하고 싶은 충동이 들었지만 여러 번 참았기에 여기 아직 다니는 것이란 걸 안다. 전가의 보도처럼 늘 끼고 있는 자신이 과거에 했다는 그 시장 조사 방법. 그걸 강요하며 방법도 바꾸지 않고 그대로 하라고 하니 집단 지성의 일원이 될 줄 알고 회사에 들어온 나 이하 많은 젊은 직원들은 하루하루가 고될 뿐이다. 그런데 어느 날 돌아보니 나도 경험을 먼저 이야기하고 있지 않은가.

"아이, 그건 검증하나마나지. 시간이 없으니까 일단 이거 맞다고 넘어가고 이것부터…"

요즘 전형적으로 말하는 패턴이다. 말하는 사람이나 듣는 사람이나 이런 패턴으로 대화가 이어지는 합의점은 '시간이 없어서'일 것이다. 시간이 없다는 핑계로 너무 많은 것을 과거에 하던 방식대로 전제에 대한 검증 없이 넘어갔다. 소소하고 당연한 것은 대부분 당연한 결과로 나오겠지만 100에 99가 맞아도 1이 다르면 전제의 일부는 왜곡되고 당연히 답은 다르게 나올 수밖에 없다. 성과 하나하나가 아쉬운 요즘 상황에서 이러한 차이는 큰돈과 연결될 때 큰 차이를 만들어낸다.

"그렇지. 그거 실제 그런지 검증해봐."

일하는 데 시간은 더 많이 소요되겠지만 상사가 이렇게 이야기해줄 때 오히려 고마운 마음이 든다. 물론 데드라인까지 여유로운 경우에 한정해서. 이제는 이게 정말 맞는지 알고 싶다. 신입 사원을 교육할 때 불문율처럼 '이거는 이런 거니 넘어가자'고 말하는 것은 선배 입장에서 좀 아니지 않은가. 실력 부족일 수도 있지만 회사 문화가 그렇게 되면 기업이라고 하기에는 프로페셔널하지 못한 느낌이니까.

직관은 분명 존재하고 맞을 때도 있다. 실제 10여 년 전만 해도(또 라떼를 만드는 것 같지만) 직관을 키워야 경영자가 된다는 부류의 리더십 책들이 정말 많았다. 경영자를 만드는 차이라고 할 수 있는 직관이라는 분위기가 샐러리맨들의 머릿속 어딘가에 각인되었다. 이걸 아는 나도 그 세대의 끝물 정도에 있지만 이걸 비판적으로 머리에 넣고 있기는 하다.

그러나 요즘 세대는 그게 아니지. 2010년대에 들어오면서 '빅데이터'는 새로운 표준을 만들고 있다. 새로운 직무인 데이터 분석가나 AI 엔지니어가 회사에 들어오기도 하고 모바일 서비스와 붙으면서 내 소비 생활이 달라지는 속도 이상으로 회사 업무를 바라보는 철학이 바뀌고 있다. 요즘 실무자들은 이 철학을 신앙처럼 받아들인다. 데이터로 말하지 않으면 말하지 않은 것과 다름없다고 생각한다. 이 두 집단의 차이를 중간에서 보면서 나는 둘 다가 될 수도 없지만 둘 다 피하지도 못하는 상황이다.

그러던 어느 순간 직관이 더 편한 것을 느낀다. 귀찮으니까. 과거의 패턴으로 말하면 검증하지 않고 일도 빨리 하고 어지간하면 맞으니까. 그러면서 꼰대가 되어가는 것이겠지. 체력이 떨어지는 것도 한몫한다. 새로운 것을 배우려고 회사 업무 시간 후에 동영상 강의도 듣지만 실무에 반영하려면 너무 많은 시간과 설득이 필요하다. 그게 귀찮고 시간은 늘 부족하니 다시 관성으로 회귀한다. 그러면서 꼰대 선배들의 말에 반발하는 횟수가 줄어들고 있다.

하지만 그렇게 흘러가면 안 된다는 것을 잘 안다. 과거 업무 프로세스를 답습하는 것, 새로운 방법론을 적용하지 않는 것은 치명적일 수 있다는 생각을 한다. 새로운 무기를 가져야 새로운 성과를 만들 수 있다는 생각을 하면 여전히 공부해야 할 것이 많다. 팀의 리더로서 새로운 방법과 검증을 해보자고 먼저 팀 내부에 제안을 하고 위에는 업무에 이걸 적용하고 있다고 알리면서 새로운 조직 문화를 만들어나가야 하는 것을 잘 안다. 일부는 그렇게 하고 있다. 그렇지만 스스로 신념이 있거나 누가 강요하지 않으면 어느 순간 경험에 매몰되고 마는 것을 본다.

원하는 사람에 한해서 팀에 스터디를 만들었다. 전에 하던 프로젝트들을 하나씩 보면서 지금 다시 한다면 어떻게 할지 이야기를 해본다. 과거의 실패 사례에서 다시 처음으로 돌아간다면 어떻게 다르게 할지 생각해보는 것이다. 세부적인 방법, 도구의 문제도 있지만 결정과 철학, 시장 변화에 대한 이야기도 많이 나올 수밖에 없다. 라떼와 결별하기 위해서는 바둑을 두고 나서 복기를 하듯이 회고하고 새로운 것에 대한 정기적인 고찰이 필요하다.

그렇다고 경험이 쓸모없는 것은 아니다. 위력이 없는 것도 아니다. 다만 새로운 걸 적용해보고 싶은 것이다. 더 나은 내가 되거나 회사가 되려면 방법을 바꿔야 더 나은 뭔가가 나올 수 있지 않을까. 물론 순간순간 시간이 없다는 현실적인 이유로 경험을 내세우거나 옛날에 잘 됐던 패턴을 이야기하는 내 모습을 보기도 한다. 어느 순간 그 말에 대한 확신이 줄어들기 시작한다. 그러면 바뀌거나, 알면서 사기꾼이 되거나 결정하게 되겠지.

꼰대 나이가 되고 꼰대 자리라고 생각하는 상사가 되어도 무엇을 선택하느냐에 따라 정말 꼰대가 될지, 아니면 아직도 존경받는 선배로 남아있을지…. 어찌 보면 이런 생각마저 꼰대로서의 정체성이 드러나는 것 같다는 생각이 든다. 존경이라니, 누가 누구에게.

배에 힘을 줘도
안 들어가더라

힘들어서 못하는 일

아침에 영양제를 먹었나. 기억이 나지 않는다. 챙겨 먹는 약은 계속 늘어나는데 출근할 때 몇 알을 먹었는지 뭘 먹었는지조차 기억이 안 난다. 웃긴 일이다. 예전에는 '당이 떨어졌다'라는 말이 무슨 뜻인지 몰랐다. 며칠 야근을 해도 계속 일할 수 있었다. 일하는 템포가 떨어지지도 않았다. 일 잘한다는 소리도 종종 들었고 그 덕분인지 대중교통이 끊겨 택시를 타고 집에 들어가도 조금 자고 나오면 괜찮았다. 그런 게 당연한 줄 알았고 이런 환경이나 몸 상태가 계속될 줄 알았다.

'사축(社畜)'이라는 말이 나에게 적용되는지도 모른 채 회사에서 며칠을 새고 집에 돌아가면서 뿌듯한 마음도 있었다. 새벽까지 일하고 회사 근처 사우나에서 잠깐 눈을 붙여도 마치 대학 시절 꿈꾸었던 멋진 일을 하는 사람이 된 것 같다는 생각도 들었다. 지금 생각해보면 인생의 젊고 창창한 순간을 그렇게 보내도 되나 싶지만, 그때는 언제까지나 그렇게 일할 수 있을 것 같았고 그건 열정으로 인한 습관 정도로 여겨졌다.

그때는 지금 내 나이인 40세 전후 관리자들이 뭔가 나태해보였다. 저녁 먹기 전부터 축 늘어져 있고 일에 대한 열정보다는 집에 가서 쉬고 일단 눈에 보이는 것만 대충 막자는 것으로 보였다. 신입 사원의 패기에는 '월루(월급루팡)' 정도로 보였다. 내가 세상의 일을 다 할 수 있을 것만 같았고 상대적으로 그렇지 못한 '월루'처럼은 되지 말아야겠다고 생각했다. 그런데 어느 순간을 기점으로 체력이 순식간에 무너질 줄은 몰랐다. 아마 서른다섯 정도? 그 이전과 이후로 내 몸은 무척 달라진 것 같다.

어느 날 튀어나와 있는 배를 보았는데 힘을 줘도 들어가지 않았다. 처음에는 배에 힘을 주고 다녔지만 몇 개월, 몇 년이 흐르면서 그마저도 힘이 없어졌고 이제는 신경 쓰지 않는 상황이 되어버렸다. 자연스럽게 그냥 이런 모습을 받아들이기 시

작한 것이다. 평생 살졌다는 이야기를 듣지 않았었는데 이제
는 '이렇게 중년이 되는가 보다', '나이 드는 게 이런 느낌이구
나' 하는 생각을 하게 되면서 생활 속에서도 자연스럽게 순응
하게 되었다.

일단 선배들의 모습을 닮아간다. 직접 할 것도 후배 팀원들에
게 시키게 되고 밑바닥까지 파볼 것은 대충 위만 파서 결론을
내려고 한다. 쉬운 길이 있다면 굳이 모든 것을 뒤집어서 보
여줄 필요가 있나 싶기도 하고 효과보다는 효율을 더 중요한
가치로 삼게 되었다.

월요병 아니고 은퇴병

이런 나는 꼰대인가? 아니다, 아닐 것이다. 나는 월급루팡처
럼 아예 일을 안 하는 것도 아니고 모든 걸 다 팀원에게 시키
는 나쁜 팀장도 아닐 것이다. 그런데 자신이 없다. 전체적으
로 이렇게 살아가게 된 게 나쁜 건 아닐 텐데, 자연스러운 것
일 텐데 어딘지 자신이 없고 요즘은 뭔가 하나 빠진 것 같다
는 느낌이 든다.

어느 날 눈에 띈 'FIRE(Financial Independence Retire Early)족'이
라는 단어. 40세가 되기 전에 최대한 벌 수 있는 돈을 다 벌고

이후에는 적은 소비만 하면서 평생 자기 하고 싶은 대로 사는 삶. 와닿았다. 사실 나는 월요병이 아니라 은퇴병에 걸렸다. 어느 날부터 월요일이 싫은 게 아니라 내일이 싫어졌다. 언제까지 직장인으로 살기에는 체력이 버티지 못하겠다는 생각이 들었다.

퇴근 후 집안일을 하거나 육아를 하는 피로를 말하는 것이 아니다. 그냥 출퇴근의 강도를 언제까지 견뎌야 하는지부터 숱한 미팅에서 새로 연구해야 할 과제에 대한 수고와 가위 눌리는 것이 점점 잦아지는 현 상태를 언제까지 버틸 수 있을까 하는 고민 말이다.

며칠 쉬면, 여름 휴가 끝나면, 처음 이런 생각은 긴 유예기간을 두고 조용해졌다. 하지만 체력이 부치고 점점 배가 나오면서 이런 생각이 머릿속을 떠나지 않았다. 사무실에 출근하면 꼰대들이라 불리는 선배들은 편안하게 오늘의 PC방을 즐기고 있고 열정이 넘치는 후배들은 하루하루 잘 살아가고 있는데 왜 나만 이런 생각을 갖게 된 것일까.

그냥 이 시기의 오춘기, 육춘기, 몇 춘기 같은 것의 재탕일까. 3년 차, 6년 차 등 직장인 퇴사 고민 시즌의 생각과 비슷하면서도 다른 이 고민은 체력의 고갈과 함께 심화되고 있었다.

동기들 몇몇, 비슷한 연배의 가까운 선후배들과 저녁에 술자리를 가지면 이런 이야기는 단골 소재가 되었다. 어떻게 버티고 회사 생활을 하는가부터 자리를 박차고 나가 승승장구하는 또래의 이야기가 더 길어졌다.

하지만 나처럼 은퇴를 생각하는 사람은 많지 않았다. 지나가는 소리로라도 이런 푸념을 하면 '돈 많이 모아두었냐'라는 현실 인식이 담긴 말만 되돌아올 뿐이다. 나도 그걸 알기에 이러지도 저러지도 못하는 것이겠지. 그러던 어느 날 재미있는 텔레비전 프로그램을 보게 되었다. 저녁에 채널을 돌리다가 보게 된 프로그램으로 영국의 한 아동 시설에 머물렀던 여러 아이를 일생에 걸쳐 관찰한 다큐멘터리였다. 긴 기간의 프로젝트로 상정하고 주요 나이대마다 인터뷰를 하는 것이 핵심이었다.

대략 예닐곱 살부터 10대, 20대 초반, 30대 중후반, 40대 초반을 거쳐 50대나 60대가 될 때까지 같은 주제의 질문이나 최근의 고민에 대해 이야기하는 것을 연대기로 추적하면서 인터뷰 영상을 편집한 내용이었다. 흥미로웠다. 대부분은 꿈 많고 주제 의식이 분명한 10대 후반, 20대 초반까지의 삶을 보내다가 30대 후반에 가장 격렬한 스트레스를 받는 것 같았다. 결혼 실패, 내가 살고자 하는 이상과 현실의 괴리를 맞춰나가는 문제, 경제적인 상황, 아이를 키우는 것이 너무 힘든 것과 경력 단절, 때로는 현재 삶에 대한 염세로 점철된 인터뷰가 30대 후반에 집중되었다.

20대의 고고한 이상은 먹고 사는 문제 밑으로 가라앉게 되었고 배우자나 애인, 아이들과 맞춰나가면서 때로는 아직 해결되지 않은 부모님과의 갈등으로 신경 쇠약적인 모습을 보이는 사람들이 남일 같지 않아 멍하니 다큐멘터리를 보았다. 그러다 같은 사람들이 40대 초반을 넘어가면서 이상하게 마음이 편안해지는 것을 느꼈다. 인생에 대한 고찰이 30대보다는 더 묻어 있는 것 같았다. 적응을 했다고 해야 할까. 아니면 이흐름을 받아들였다고 봐야 할까.

물론 몇 년 전 그들이 겪은 갈등 상황은 해결되지 않았다. 때로는 이혼을 하고 결별을 하고 경제적으로 나아진 바가 없어 보였지만 몇 년 전에 비해 대부분은 체념했거나 편안해보였다. 이상하게 나도 그냥 이런 힘든 시기를 겪고 있는 게 아닌가 하는 생각이 들었다. 그리고 몇 년 뒤에는 이 시기도 그냥 지나갈 거라는 생각도 들었다. 묘하게 힐링이 되었다. 정말 그럴 수 있을 거라고 생각하면서.

사춘기는 아닙니다만

생각해보면 이 시기, 30대 중후반에서 40대 초반까지의 시기에 대해 아무도 말해주는 사람이 없었다. 사춘기 정도만 인생의 격변기라고 생각했지. 20대 중반부터 30대 초반까지 아무것도 모르면서 후다닥 달려오는 동안 누구도 이럴 것이라는 가이드를 준 적은 없었다. 그저 회사 생활을 이렇게 해라, 팀장은 이렇다, 부모가 되면 이렇다 정도의 이야기였지, 이 시기에 인생을 생각하는 것에 대해 가르침을 준 사람은 없었다.

직장에서 낀대가 되고 체력이 급속하게 고갈되면서 이전보다 더한 변화의 상황에 내몰리게 되었다. 회사와 가정에서 나만의 템포와 생각을 찾기가 어려워졌다. 언제쯤이면 이 역할, 나이에서 여유를 찾게 될까. 나는 꼰대가 아니라고 생각했지만 이제는 그럴지도 모르겠다는 생각이 들었다. 한 번도 이 템포 속에서 여유를 찾아본 적이 없었으니까. 나를 돌아보는 시간이 부족했으니 실제 나는 어떤 모습인지 누구에게서 이야기를 들어볼 수도 없었다.

체력이 떨어진 채로 일하면서 몸 대신 입이 일하지는 않았는지 말로만 일하는 것은 아닌지 생각해보게 되었다. 돌이켜보면 누군가에게 일을 시키고 논리가 떨어졌을 때 '어쩔 수 없다'는 식으로 넘어갔던 적이 한 번 정도는 있었던 것 같다. 어

쩔 수 없으니 혹은 내가 어떻게 막을 수 없으니 이번에는 그
냥 넘어가자고 했던 것.

그러는 동안 과거의 나처럼 힘들다고 말하지 않고 맡겨진 일
을 잘 해내는 모습을 누군가에게도 기대하고 있었는지 모르
겠다. 중간 관리자가 되면서 이런 고통은 나만 겪는 게 아니
라 팀원들에게까지 전가되었다. 힘들다고 말하는 것을 배운
적이 없었던가. 면접 때부터 가장 먼저 손들고 할 수 있는 방
법을 찾고, 모르면 모른다고 답하는 게 아니라 다음에 찾아서
알려드리겠다고 하는 것을 모범 답안으로 받들고 살았던 문
화가 아직 몸에 배어 있나.

몸이 아프면 오래 데리고 일하기 어려운 사람으로 찍힐까 봐,
새롭게 시키는 일의 데드라인을 맞추지 못하면 느린 사람으
로 보일까 봐, 그저 '어떻게 보일까 봐'로 숨죽이며 살았다. 불
리한 처우도 두말없이 받아들이고 때로는 팀의 다른 동료를
위해 나쁜 평가를 받아들이면서도 볼멘 소리 한 번 하지 못한
모습을 많이 봐왔다. 개인도 있지만 조직도 소중했다.

어느 순간 사회를 알게 되면서 정말 힘에 부치기 시작했는데
한 번도 힘들다고 이야기한 적 없이, 혹은 하는 방법도 모른
채 살게 되었다. 상사가 힘들다고 말하면 들어주었고 팀원이

힘들다고 이야기하면 토닥토닥 위로해주었다. 그게 내 역할이라고 생각했으니까. 그러나 굳이 그럴 필요가 없었던 게 아닐까. 아무리 마흔 전후가 인생에서 겪어보지 못한 새로운 적응기라고 해도 중요한 건 혼자 앓지 말아야 한다는 것이다.

어느 날 저녁에 본 그 다큐멘터리에서 40대가 된 사람들이 짚었던 중요한 점은 내 생각을 말할 누군가가 있다는 것이다. 가족이 있거나 새로 찾은 배우자가 있거나 적어도 혼잣말이라도 할 수 있는 식물이라도 키우고 있었다. 다큐멘터리를 본 후 말할 사람이 필요해 만나는 식사 자리가 잦아지게 되었고 얼마간 버틸 힘도 생겼다. 가슴에 이야기를 쌓지만 말고 털어놓으면서 나름의 위안도 얻게 되었다. 나만 힘든 게 아니고 나만 이런 시기가 어색한 게 아님을 적어도 그 시간만은 공감할 수 있었다.

배가 나오기 시작한 사람들끼리 체력이 없다, 살기 힘들다, 회사 다니기 힘들다면서 이야기하고 어디 가서 말 못할 고민들을 털어놓으면서 숨이라도 쉴 수 있었다. 많은 걸 바라는 게 아니라 그저 숨만 쉴 수 있을 공간은 뚫어두었다. 시간이 해결할 일도 있을 테니까.

끼인대도 서럽습니다

90년대 생은 신경 쓰면서
왜 우리는 신경 안 쓰는데

90년대 생이 왔었다

90년대 생이 왔다. 신입 사원부터 대리까지 주변에 90년대 생들이 벌써 많다. 사회적으로나 문화적으로 이전과는 가치관이 다른 세대라고 하는데, 실제 현장에서 마주한 바로는 정말 그렇다. 하지만 그게 불쾌하거나 이상한 느낌은 아니다. 보다 합리적이라고나 할까. 이전 세대들이 붙잡고 있었던 가치관에 대해 되묻게 만든, 어떻게 보면 너무나 당연한 모습으로 살고 있는 세대로 보인다. 눈치 보기 야근이나 눈치 보며 쓰는 연차 등 당연하게 받아들였던 예전의 업무 방식을 당연히 여기지 않고 물어보는 질문들이 모두 이상하지 않다.

다만 나와는 조금 다르다는 것. 그래서 좋은 후배나 동료이긴 하지만 뭔가 말이 잘 통해서 계속 터놓고 이야기하기에는 좀 부담스러운 정도다. 어떻게 보면 우리도 '80년대 생이 왔다'고 들었던 적이 있었을 것이고 70년대 이전에 출생한 선배들에게는 문화 충격이었겠지. 이데올로기보다는 실질적인 것에 관심이 많았고 미래보다는 지금의 행복을 찾는 우리 세대도 위에서 보았을 때는 또 다른 '터놓고 다 말하기에는 부담스러운 존재'였을 테니까.

입사 첫 날의 기억이 아직도 생생하다. 신입 사원이 왔다고 환영회를 한다는데 말이 환영회였지 그냥 회식을 하고 싶어 명분을 만든 느낌이었다. 〈범죄와의 전쟁〉 같은 영화에 갖다 놔도 잘 어울릴 듯한 꼰대 부장님의 축하한다는 한마디와 함께 호구조사 및 본인의 화양연화로 레퍼토리가 이어졌다.

"요즘은 사무실에서 담배를 못 피게 하는데… 예전에는 좋았지. 내 자리에도 재떨이가 있었어. 그거 보면서 회사 하나는 잘 골랐구나 생각했었는데…"

부장 옆은 신입 사원 자리라면서 딱 붙여 놓고 이런 이야기를 두세 시간 동안 반복했다. 과장들과 대리들은 중간 중간에 집에서 부른다고 혹은 내일 출장 간다며 하나씩 빠져나가고 남은 사람은 술 좋아하는 딸랑이들과 신입 사원들 몇 명. 입사 반 년 선배가 조용히 화장실 가자고 불러놓고 회식 자리의 빡침을 내게 말하던 장면이 생각난다.

그러고 몇 주 동안 회식을 한 주에 두어 번씩 하는데 월요일에는 주말에 가부장적 삶을 살지 못했다고 한잔 꺾고, 주중에는 다른 부서와 친목을 쌓아야 한다며 한 잔 꺾고 하다 보니 회식은 당최 횟수가 줄지를 않았다. 그런데 그때도 완전 꽉 막힌 게 아니었던 것은 입사 반 년 선배가 온갖 이유로 나만 버려두고는 회식을 빠져나갔다는 것이다. 물론 그 선배가 회식에 안 와서 부장이 열받은 이야기를 내가 고스란히 새벽 두세 시까지 들어주기는 했지만.

부장은 80년대 생들이 너무 개인주의라며 회식 자리에서 거침없이 불만을 이야기했다. 실제로 나도 몇 달이 지나자 회식 자리에 빠져도 된다는 것을 알게 되었고 부장은 술 좋아하는 몇 명만 데리고 다음 날 오전 업무가 제대로 되지 않을 정도로 술을 마시고 다녔다. 그게 그 시대의 마지막 즈음이었을 것이다. 지금도 그런 직장이 없지는 않을 테지만 그때는 대부분의 직장이 그랬던 것 같다. 누가 페이스북에 저녁 회식으로 캐주얼 레스토랑에 가면 '역시 외국계!' 이런 댓글이 올라오는 시절이었으니까.

이런 우리들이 겪은 회사가 정말 직원들을 가족처럼 대한 것은 새벽부터 늦은 밤까지였다. 80년대 생은 이전 세대와는 다른 가치관으로 회사를 바라보았고 늘 이전 세대와 충돌하면서 조금씩 우리의 가치관을 과거 선배들의 것과 섞어 새로운 방식으로 문화 영역을 넓혀갔다. 이 와중에 좀 더 개인적이고 진보적인 친구들은 얼마 못 가 회사 문화를 견디지 못하고 유학을 가거나 좀 더 말랑한 문화를 가진 회사로 이직했다.

그런 문화 정도는 이겨낼 수 있다고 생각하고 견딘 친구들도 나를 포함해 많이 있었다. 하지만 모두 '인내의 결과는 달다'라는 격언을 결과로 받을 수는 없었다. 회사의 경영 철학이나 인사 제도는 처음부터 키울 사람과 키울 사람을 보조적으로 돕는 사람으로 구분했고, 몇 년이 지나자 현실을 깨닫는 속도에 따라 시간차는 있었지만 상당수의 동료들이 생각보다 큰 배신감과 허탈감을 뒤로 하고 회사를 떠났다.

그 와중에 새로 입사한 신입 사원들은 점점 다른 생각들을 가지고 사무실 여기저기에서 새로운 화두를 던졌고 10년 단위로 잘라보면 그 변화의 폭이 큰 것은 당연한 것이었다. 회사는 길러낼 사람을 찾고 있었고 이미 그런 판정이 끝난 우리는 어느 순간 주인공에서 조연으로 밀려나고 있었다.

회사의 두 부류, 스타와 꼰대

회사에는 두 부류의 실권자들이 있다. 하나는 입사한 지 몇 년 되지도 않았는데 위에서 밀어주는 버프를 받으면서 선배들보다 더 높은 자리로 올라가 많은 경험을 몰아주는 스타다. 나머지 하나는 그런 스타를 만드는 진정한 실권자인 꼰대다. 그리고 스타와 꼰대가 아닌 많은 일반 직원들이 있다.

전부는 아니지만 많은 부류의 회사 내 스타들은 '만들어진다.' 회사를 이해할 수 있는 키워드 중 하나라고 생각하는데, 동기 부여를 주기 위해 회사 경영진이 자기 말을 잘 들으면 이렇게 된다고 보여줄 수 있는 모델을 만드는 것이다. 중견 기업이나 대기업에서 이런 이유로 만들어지는 스타는 적지 않다. 인재 파이프라인을 구축해 새로운 경영진이 마르지 않게 한다는 철학으로 어린 직원 중 경영자의 싹이 보이는 몇몇을 골라 미리 요직을 경험하게 만든다.

어떻게 보면 처음부터 스타가 되는 사람들의 리스트가 정해져 있는 셈이다. 대부분은 이 리스트에서 선발하고 적은 비중으로 리스트 밖에서 사람을 뽑는다. 그렇게 핵심 인재가 구분되고 어느 순간 핵심 인재와 함께 일하는 것을 받아들인다. 물론 회사 생활이 다 핵심 인재가 되어야 하는 것도 경영진이 되어야 하는 것도 아니다. 특히 지금은 회사가 아닌 업계에서 필요로 하는 사람, 업계를 넘어서 이 직무 능력으로 기업이 원하는 사람이 되는 것이 훨씬 이상적이다.

하지만 이는 결과를 말하는 것이고 기회의 평등은 누구에게나 당연히 갈망하는 권리다. 그게 제대로 안 되는 이유는 대부분 기업의 인사 철학에 있다. 우리 세대에서도 스타는 있었다. 그리고 몇몇은 회사 안에서든 밖에 나가서든 계속 잘해왔다. 그러나 대부분은 스타와 거리가 멀었다. 그저 내게 주어진 일을 처음부터 좋지 않은 상황에서도 처내야 했고 중간계투처럼 작은 기회에 내가 맡은 어려운 상황을 어떻게든 해결해나가면서 여기까지 왔다.

그런데 지금은 회사 내부에 설 자리가 점점 좁아짐을 느낀다. 어차피 임원이 될 사람들은 이미 정해져 있고 이직을 고려하지 않는다면 관리자가 되어 관리를 계속 하든지 아니면 몇 발디딜 곳 없는 곳에서 버티는 게 힘들어 다른 곳으로 가 외줄을 타야 하는 상황에 몰리게 된다.

어느 날 회사에서 자신의 의지와는 상관없이 다른 조직으로 전출되는 사람들을 보면 딱 이정도 연차에서 왔다 갔다 하는 사람들이다. 한창 실무를 해야 하는 직원들이 발령나는 것도 아니고 공고한 조직 내 권력을 갖고 있는 사람들이 생각지도 못한 인사 발령을 받는 것도 아니다. 다 알지만 실무를 맡기지 않는 중간 관리자 정도다. 원해서 관리자가 된 것이 아니어도 어쩔 수 없는 역할 부여 때문에 실무에서 손을 뗀 사람들이 가장 먼저 인사 발령의 타깃에 있는 것을 많이 봐왔다

이런 상황에서 조직에 목소리를 내는 것은 어려운 일이다. 신입 사원도 임원도 아니고 핵심 인재도 아니라면 회사에서 많은 무게를 지고 가면서 가장 목소리를 내기 어려운 자리에 있는 것이다. 경험을 통해 실무의 모순과 나아갈 바를 알고 일이 돌아가는 구조 안에서 바꿀 수 있는 정리된 방법도 있는데 그 목소리는 허공에 맴돈다. 정치적인 담론에 의해 실리적인 것은 어느 순간 핑계가 되고 신입 사원에게는 중간에 끼어서 아무것도 치고 나가지 못하는 비전 없는 리더로 보이기 십상이다.

"누울 자리를 보고 다리를 뻗어야 되지 않겠어?"

회사 생활 잘한다는 비슷한 연차의 선배와 외근을 갈 때 선배

가 차에서 던진 말인데 기억에 오래 남았다. 지켜야 할 가족, 갚아야 할 빚이 있는 상황에서 예전 같은 패기로 목소리를 냈다가 찍히면 어떤 리스크를 감수해야 할지 몰라 늘 웅크리고 있으면서 실속을 챙기는 모습. 바다 속에서 자리를 틀고 지나가는 작은 물고기 하나 정도만 낚아채고 다시 숨는 듯한 모습. 끼인 세대들 중에서 회사 생활을 하는 사람들의 상당수는 조직 내에서 어떤 자리나 비전에 대한 보장을 받지 못한 채 이런 모습으로 하루를 헤쳐나가는 중일 것이다.

우리가 우리를 신경 쓰면 되겠지

물론 길은 있다. 아직 로맨틱한 사회 생활의 방법도 있을 것이라 믿는다. 그게 아직 꼰대가 되지 않았다는 증거가 아닐까. 미국 벨 연구소의 머빈 켈리 소장처럼 처음에는 주목받지도 못하다가 입사 26년이 지나 결국 총괄 책임자가 되어 누구보다 더 창조적인 조직을 일군 사례를 기억하면서 말이다. 어디 적어둔 현장의 기록들이 언젠가 어떤 모습으로든 구현되고 지금은 실망감만 가득한 동료들에게 성취감이란 것을 안겨줄 수 있는 날을 기약한다.

그러나 그런 거창한 것이 아니더라도 이제 일의 의미 정도는 스스로 정할 줄 아는 연차다. 지금 하고 있는 일을 어떻게 바라보느냐에 따라 천국과 지옥이 결정될 수도 있다. 일과 포지션은 늘 중의적이어서 내가 어떻게 해석하느냐에 따라 모든 위치와 비전이 달라진다. 이 이상한 것을 꽤 많은 시간이 흘러서야 알게 되었다.

예전에는 싫었던 것이 어느 순간 내 성장에 어떤 모습으로든 도움이 되는 게 있었고, 그때는 잘나가는 것인 줄 알았는데 생각해보면 실속 없이 시간을 낭비한 경우도 있었다. 나는 내 길에 의미를 부여하고 스티브 잡스가 말했던 것처럼 연속적인 점을 계속 찍어나가면서 선을 그으면 되는 거니까. 지금 일의 성공, 거기 쏟아부은 새로운 접근과 노력만 쳐다보면 또 그렇게 고비를 넘길 수도 있을 것이고.

소망이 있다면 연차나 직급이나 이런 거 없이 좋아하는 일을 계속할 수 있는 문화가 기업 내부에 정착되었으면 하는 바람이다. 나이가 들어간다는 이유만으로 차별받는 게 은근히 많은 한국 기업 문화에서 그냥 살아갈 수는 없는 것일까. 특별히 경영진이 되고 싶은 생각도 이제는 없다. 다만 일한 만큼 인정받고 보상받을 수는 없을까.

어느 순간 어렵게 승진해 얻은 직급이 스스로를 무겁게 누르고 만다. 수평적 조직 문화의 가치를 내건 기업에서 연차와 상관없이 경력에 맞게 일을 하면서 새로운 장을 만들어나가는 것을 보면 마냥 부럽다. 재택 근무, 유연 근무제처럼 언제 올지 몰랐던 제도들이 어떤 계기로 직장 내에 정착되는 것처럼 일이 좋아 일을 계속할 수 있도록 제도들이 뒷받침되면 좋겠다.

나도 모르는 비전을
글로 읽는다

비전이 중요하다는 어르신들

경영 계획을 작성하는 것은 쉽지 않다. 가을이면 늘 내년을 계획하지만 갈수록 불확실한 미래를 계획하는 것이 무슨 의미가 있을까 싶기도 하다. 그래도 아무것도 없는 것보다 적어도 어떻게 할 것인지 서로 약속하는 것 자체는 의미가 있으니까 그러려니 해야지. 이런 약속을 만드는 것은 기업 철학에서 출발하는데, 경영 철학, 경영 이념, 비전, 사명 선언서 등으로 명문화되어 있다.

상당히 형이상학적인 내용들. 고객 만족, 성장, 글로벌, 전문성. 신입 사원 때는 이런 말을 해도 마냥 가슴 뛰던 주제들이 이제는 시시하게 느껴진다. 그게 잘못되었거나 나쁘다는 것은 아니다. 단지 이런 좋은 것들이 실제로 가능하냐는 것이지. 뭔가 결과를 내기 위해서는 그것을 위한 인풋이 필요한데 대부분의 기업들은 정말 중요한 것에 투자를 소홀히 한다. 사람, 기술, 인프라 같은 생산성을 위한 것에는 투자를 적게 하면서 상품, 서비스 등 당장 돈이 될 만한 것에 몰두하기에 아름다운 개념들을 실현시키기는 무척 힘들다는 것이다.

사원 때 즐겁게 일하다가 대리 정도가 되어서 이 사실을 조금씩 알게 되고, 팀장 정도가 되면 이 모든 것이 의미가 있나 싶으면서 회의적인 생각에 사로잡힌다. 그렇지만 회의에 들어가거나 사석에서 부장급이나 임원들을 만날 때는 이런 생각을 말하기가 어렵다. 그들 상당수는 상대적으로 지금보다 성장하는 시대에 살았다. 공급이 부족하고 뭘 하든 늘 새로운 것이 많았을 때, 문화적으로도 지금의 레트로 뮤즈가 되는 시대 말이다.

성장의 시대에는 뭘 해도 성공의 요인이 되었다. 지금 와서 많은 글로벌 기업들의 실적이 주춤해지자 그 시대의 인물들을 경영자로 다시 불러들이면 위기에 빠진 회사를 살릴 수 있다고 주장하지만, 안타깝게도 예전의 경영 스타들이 지금 위기의 회사를 다시 혁신적인 회사로 바꾸었다는 이야기는 정말 몇 명 외에는 들어보지 못했다. 판이 바뀌었으니까.

많이 이야기하는 경영 철학은 늘 그런 경영자들이 회사의 구원투수로 오고 나서 가장 먼저 만지는 카드 중 하나였다. 사장단이나 임원들을 모아놓고 혹은 차장이나 부장급들이 업무 시간을 뒤로 하고 정비하는 내용들. 그게 명확한 방향을 가리키고 다시 재무장해서 혁신을 수용하는 분위기로 바뀌었다면 성공이다. 하지만 현실적으로 그런 이야기를 듣는 사람의 가치관을 바꾸는 것은 쉽지 않다.

사다리를 오르는 원숭이 이야기를 들어본 적이 있는가? 방에 원숭이 몇 마리를 넣고 가운데 사다리를 설치한 다음 사다리 맨 위에 바나나를 올려두었다. 당연히 원숭이들은 바나나를 차지하기 위해 사다리에 오르려고 했다. 하지만 인간이 개입해 사다리에 올라가는 원숭이를 방해하고 괴롭히면 원숭이들은 학습을 하게 된다. '사다리에 올라가면 내가 괴롭네. 올라가지 말아야지.' 그렇게 한 마리씩 모든 원숭이가 학습을 마치게 되면 이제 그 방에는 사다리에 오르려는 원숭이는 존재하지 않게 된다. 그저 바나나가 놓여 있고 원숭이는 그것과 상관없이 방 여기저기에서 살아간다.

그러다 그 방에 새로운 원숭이를 한 마리 넣으면 어떻게 될까? 아무런 정보가 없는 새로운 원숭이는 사다리에 올라가려고 할 것이고 주변의 원숭이는 사다리에 올라가지 못하게 말리겠지. 사다리 맨 위에 올라가는 순간 어떤 일이 기다리고 있을지 아니까. 인간이 방해를 하든 하지 않든 이제 그 방의 어떤 원숭이도 사다리를 올라가지 않게 된다는 이야기다.

학습된 무기력. 현재 대부분의 회사에서 무섭게 번지고 있다. 성장하고 있는 일부 기업에서는 찾기 어려운 말이지만 한때 잘 나갔던 기업에서는 최근 이 현상이 사라지지 않고 있다. 그리고 낀대라 불리는 우리들은 신입 사원 시절 잘나가는 회사의 비전과 미션은 금과옥조로 여겨야 한다고 생각하기도 했지만 몇 년 지나 그게 얼마나 무의미한 말이었는지 알게 되었다.

실체가 없는 단순한 단어의 나열은 아무 변화를 일으키지 못한다. 그럼에도 불구하고 더 높은 양반들은 새로운 워딩을 날마다 찾고 있다. 지독한 정신 세계의 방인 것이지. 더 강도 높은 경영 계획을 작성하고 핵심 가치를 담으라는 요구를 받으면서 정작 그 가치 실현을 위해 제언하는 많은 실무자들이 원하는 투자나 문화, 주도권, 자율 등은 도외시한 채 사실상 정신 교육에 매달리는 기업이 많은 게 현실이다.

비전보다는 생존이 중요한 현실

신입 사원이 들어왔다. 주변을 보면 신입 사원을 교육시킬 때 두 부류의 선배가 있는 듯하다. 매뉴얼을 따르는 선배와 좋은 선배. 어렵게 회사에 들어온 신입 사원에게 어떤 말로 실질적인 도움을 줄 수 있을까를 생각하면서 보통 둘 중 한 노선을 따르기로 결심한다.

처음 신입 사원을 가르치면서 나는 매뉴얼에 충실했다. 물론 회사의 비전 같은 거시적이고 연역적인 주제부터 출발한다. 그동안 회사가 해온 일들과 매뉴얼 같은 가치관을 이야기하며 신입 사원에게 이런 구성원이 되라고 말하는 것이 수사로 무장된 교육의 내용이었다.

하지만 어느 순간 말하고 있는 내 스스로가 동의할 수 없음을 깨닫게 된다. 그런 워딩이 부끄러워서 더 이상 매뉴얼대로 말할 수가 없다. 이유는 회사의 정체된 실적일 수도 있고 실제 더 높은 자리에서 회사 의사결정의 실체를 보면서 이게 누군가를 위한 수단으로 이용되고 있다는 자각에서 출발한 것일 수도 있다. 깔끔하고 뒷말 없는 교육을 할 수는 있지만 말하는 사람 마음 저 구석에서 찜찜한 기분을 달고 사는 것은 너무 괴로우니까.

그래서 실제적인 교육을 하기 시작했다. 아끼는 후배일수록 말이다. 어떻게 살아남아야 하는가. 회사의 정해진 비전과 미션은 짧게 설명하면서 마치 애국가나 헌법을 읽어주는 기분으로 넘어가고 실제로는 이게 어떻게 현실에 적용되는지 설명하기 시작했다. 말하다 보면 회사의 가치보다는 최근 많이 회자되고 있는 애자일 같은 새로운 방법론이나 기업 문화 이야기로 많이 흐른다.

기존 체계가 아닌 만들어가야 하는 체계. 실무자들이 필요성을 느끼고 있지만 위로는 더 나아가지 못하고 실체로 존재하기는 아직 어려운 것에 대해 이야기를 하게 된다. 마치 독재 하에서 학교 수업을 듣다가 서로 간에 신뢰를 확인한 후 정말 실제적인 변화를 숨어서 이야기하는 것처럼 말이다. 돌아보면 뭐 그리 나쁜 말을 하는 것도 아니다. 현실 비판만 제외한다면. 새어 나가지 않게 조심하면서 의견을 나누는 게 더 실제적인 팀의 모습을 만들어가는 데 도움이 된다.

위에서 그렇게 갈망하는 혁신은 기존 체계에서는 애초에 나올 수 없는 것 아닌가. 그렇게 창업자 정신이나 스타트업 방법론을 이야기하며 현실에 대한 비판조차 눈치 게임으로 다루어진다면 사실 지금 환경은 부자연스럽다는 방증 아닌가.

있었는지 없었는지도 모를 개념적인 비전에서 현실에 맞게
나아가야 할 방향을 나눈다. 이러니 내가 좀 살 만하다. 하지
만 말이 새어나가면 안 되겠지. 그러다 갑자기 회의실에 불려
갈 수도 있으니까.

동의가 안 되는 비전이지만 훼손은 안 되니까

끼인 세대들에게는 다소 내로남불인 면모가 있다. 회사의 비
전이나 정책에 대해 그게 영 적절한 것은 아니라고 하면서도
그것을 대놓고 까는 후배들을 보면 어딘가 마음이 좀 불편하
다. 우리끼리는 그런 이야기를 많이 나누기는 하지만 앞에서
는 티를 낼 수 없다. 꼰대처럼 보일 테니까. 이런 마음이 왜
생겼는지 스스로 돌아볼 필요가 있겠다 싶었다.

글쎄. 한때는 일정부분 사실이었고 그게 실현되어서 내 것은
아니어도 잠깐 달콤한 맛을 느껴본 적이 있어서 그랬을까. 그
래서 그게 영 싫지는 않고 어딘가 마음속 한 켠에 남아있는
이상향 혹은 추억 같이 되어버려 그랬을까. 비슷한 연배끼리
저녁을 먹다 이런 감성적인 이야기를 하면 곧 서릿발 같은 반
응이 나오기 마련이다.

"아직도 그런 생각해? 아니, 그거에 맞는 투자가 있었냐고. 그

때 좀 지나서 실적 안 좋아지니까 다들 나가고. 회사는 뭐했어? 비용 줄인다고 냇 놓고 있었잖아."

그래, 나도 알지. 그래서 이제는 그 비전에 동의하지 못하는 거고. 그렇지만 그걸 부정하면 회사의 부정을 떠나 내 과거의 일부가 부정 당하는 것 같아서 싫더라고. 그래서 젊은 친구가 그걸 놀리면 마음 한 켠이 영 불편한 거겠지. 가끔은 지금의 현실에 맞게 비전을 새롭게 다시 만들면 어떨까 생각한다. 영 이상적인 이야기 말고 할 수 있는 것으로.

실질적인 비전을 주자

요즘 친구들 혹은 나에게 회사가 줄 수 있는 실제적인 비전은 무엇일까. 과거처럼 마냥 회사의 목표가 내 목표는 아닌 시대. 어렵게 입사한 신입 사원들은 몇 년간 값진 경험을 쌓고 더 나아 보이는 곳으로 곧장 이직한다. 마치 뒤도 돌아보지 않고 이직한다는 느낌이다. 그만큼 시장에 기회가 많아졌거나 아니면 우리 회사가 뒤도 안 돌아봐도 될 만큼 매력이 사라진 것이겠지.

그래서 처음부터 개인과 회사와의 정신적 관계는 거의 존재하지 않는다. 다만 남은 사람들은 회사가 나를 더 높은 곳으로 이끌어줄 것 같아 남은 게 대부분이다. 더 많은 기회, 더 높은 보상이 보이지 않는다면 이 계약관계는 더 칼같이 끊을 수 있다. 내가 신입 사원 때도 그런 게 아예 없지는 않았으나 요즘은 더 명확해진 느낌이다. 회사의 정신 교육은 이제 더 이상 통하지 않는다. 회사도 알고 있고.

이런 상황에서 '복무신조' 같은 화석화된 회사의 비전이 무슨 소용 있을까. 이걸 나눈다고 개인이 일하는데 얼마나 동기부여가 되겠으며 당장 임원들도 회사의 가치를 생각하며 결정하지 않는 상황에서 이 금과옥조를 항상 마음에 새기고 살라고 어떻게 말할 수 있을까. 이제는 그런 비전 말고 실제적인 모습이 필요하지 않을까.

"몇 년간 일하면 업계 사람들이 다 알 만한 사람으로 만들어줄게. 회사는 네게 그런 프로젝트 기회를 줄 거고 너는 어떻게든 그걸 해내야 해. 필요한 건 이야기해. 뭐든."

차라리 이런 말이 더 낫지 않을까. 창의, 창조와 같은 말을 계속 주문하고 회사 사보에도 시리즈로 실릴 만큼 안 바뀌는 것이라면 이렇게 실제적인 언어로 주고받는 게 더 나을 것 같다. 물론 모두가 만족하는 비전 같은 것은 없을 테지만.

왜 너만
착한 팀장이냐

군대 문화 노노

밥 먹으러 가서 물컵과 수저를 세팅하려는 강박이 있다면 내려놓자. 엘리베이터 탈 때 선후배 자리가 있다는 통념도 내려놓자. 인사를 누가 먼저 해야 하는지에 대한 고정관념도 내려놓자. 거기 매달리면 나도 꼰대가 될 뿐이다. 선배와 후배는 점점 옅어져 가는 개념이 되고 있으니까. 선배가 후배에게 알려주고 밀어주면서 서로가 서로를 평생 고용했다고 생각하던 시대도 있었다. 공채로 들어온 선배와 후배는 강력한 연결고리였다. 도제식 교육과 이직이 적었던 시대.

삼엄한 조직 체계를 따르지 않으면 연결고리 바깥으로 밀려나는 상황에서 업무는 물론 개인사까지도 나누고 뭐라고 하는 것도 받아들이는 문화는 분명 이유가 있었다. 누군가의 이야기처럼 군대에서 이상한 것을 배워 와서 군대 문화가 있었다기보다는 모두가 하나의 이름으로 흘러가야 하므로 비슷한 상황에서 비슷한 형태의 문화가 만들어진 것이리라.

신입 사원으로 일할 때만 해도 어느 정도는 선배가 후배를 끌어주고 후배가 선배를 위해 야근을 불사하며 일하는 것은 흔한 풍경이었다. 일이 좋아서 일하는 사람도 있었겠지만 그 이면에는 조직 내에서 어느 정도의 위치와 보상을 보장한다는 믿음이 있었을 것이다. 나도 그렇게 일했으니까. 그런데 너무 많은 일들이 그 사이에 있었다. 많은 IT 회사가 새롭게 생겨났고 전 분야에 스타트업들이 일었으며, 소비의 장소가 오프라인에서 온라인, 모바일로 옮겨가면서 산업의 지형이 비교적 짧은 시간에 변화하였다.

변화된 구조 속에서 능력자들은 새로운 산업으로 이직을 했고 빈자리는 더 잦은 이직으로 연결되었다. 직장을 옮긴 사람들은 새로운 문화에서 일하는 새 직장이 마음에 들었고, 일부는 기존 회사의 굴레를 벗어나 새로운 직장에서 기대하지 않았던 높은 연봉을 받으며 많은 이야깃거리를 만들어냈다. 그리고 연차에 상관없이 승진을 하는 문화가 들어서면서 직장 내 선후배 문화도 많이 달라졌다. 승진할 만한 사람이 승진 했느냐는 별개의 문제다. 다만 선배로 따르던 사람이 어느 날 조직의 팀원으로 있고 까마득한 후배가 몇 년 뒤 내 상사가 되는 장면을 요즘은 심심치 않게 볼 수 있다.

선배와 후배. 이런 상황에서 이 단어는 힘을 잃어갔다. 10년 차 이하 실무자들에게는 더더욱 그렇다. 그 위의 직원들은 상 대적으로 이직할 곳이 마땅치 않으니 서로가 서로를 아직도 지켜주고 밀어주어야 하지만 젊은 친구들은 그렇지 않았다. 어디든 불러주는 곳이 있었고 더 새로운 산업으로, 더 나은 조건으로, 더 잘 맞는 문화로 이동했다. 너무나 자연스러운 수순이다.

선배는 일을 미리 해본 사람일 뿐 잘하는 사람은 아닐 수 있 다. 잠깐 지나가는 이 자리에 먼저 와있던 사람이지 내가 모 든 면을 알아야 하는 사람이 아닐 수도 있는 것이다. 선배의 일하는 기술이 새로운 방법이 아닐 수도 있고 항상 더 좋은 결과로 이어지는 것도 아니다. 세상이 더 빨리 변해가고 있으 니까. 기존에 맞다고 생각했던 모더니즘의 세상에서 포스트 모더니즘의 회사 문화, 직업 의식이 새로운 기준이 되었다.

왜 선배가 혼내는 걸 듣고 있어야 할까? 왜 내 권리를 주장할 수 없는 거지? 변화의 시기에 이런 질문이 나오는 것은 당연하다. 하지만 위에서는 이해가 안 되는 것이고. 서로가 처해 있는 이해 상황이 다른데 자기 입장에서만 생각한다. 중간에 끼어 있는 세대는 반반의 입장으로, 때로는 어느 한쪽에 놓인 채 흘러가고 있다.

너는 왜 싫은 소리를 안 하냐

이런 상황에서 가장 어려운 것이 착한 팀장으로 남아있는 것이다. 착해서 착한 게 아니라 선배 후배로 이야기하는 게 더 이상 의미가 없음을 알기에 함께 일할 때까지는 프로 대 프로로서 최선을 다하자는 것일 뿐. 굳이 싫은 소리를 할 이유가 없을 수도 있다. 싫은 소리를 해서 뭔가 변화되기를 기대한다면 싫은 소리를 듣고 얻어갈 카드를 주어야 한다.

하지만 끼낀대는 조직 내에서 그런 카드를 실질적으로 쥐고 있지 않다. 카드를 위에서 다 쥐고 있기에 그냥 말 이상으로 개개인에게 줄 수 있는 메리트가 없다. 늘 화가 안 나는 상황에 사는 것이 아니라 화를 내서 얻을 효과가 없는 것이다. 차라리 화를 내는 것보다 하나라도 더 가르쳐주고 빨리 따라오게 만드는 것이 일을 하는 입장에서는 효율적이지.

"이번 평가에서 팀장님은 좀 다양하게 나오는 것 같네요. 너무 좋은 말만 한다는 의견도 있는데 어떻게 생각하세요? 좋게만 말하면 나중에 팀원들이 성장하지 못할 수도 있어요."

회사에서 리더십을 위한다는 명목으로 이런 상담을 해주기도 한다. 하지만 상담을 해주는 사람은 요즘 팀장과 팀원의 입장을 알고 있을까? 왜 꼭 혼을 내야 성장한다고 생각하지? 비교적 오랜 시간 동안 업무에 새로운 방법을 적용하기 위해 팀원들을 가르쳤다. 업계에서 한창 각광받기 시작한 스킬들을 먼저 공부한 다음 팀원들에게 알려주는 자리를 만드는 식이다. 팀원 개인의 커리어에도 도움이 되는 내용이고 일을 더 잘하는 데도 필요한 내용이라 힘이 들어도 꾸준히 하고 있다.

직원의 성장? 정신 상태를 가다듬고 비위 맞출 줄 아는 빠릿빠릿한 자세로 만드는 것이 일하는 데 필요 없다는 말은 하지 않겠다. 하지만 그게 정말 일을 잘하는 데 핵심적인 것일까? 그게 성장하는 것일까? 아니다. 그런 것은 또 다른 꼰대를 만드는 방식이지 업무 역량을 높이는 것과는 상관이 없다. 그런 부류의 정신 무장이 실체보다 과대평가되어 있다고 생각한다. 섬에 갇힌 채 일하면서 마냥 정신 무장만 강조하다니.

그런 성장보다는 데이터로 검증하고 사례를 하나라도 더 찾는 것이 정상적인 방식 아닐까. 글자가 틀렸다는 것이나 그래프가 안 예쁘다든가 표현의 뉘앙스가 이상하다는 식으로 피드백하는 건 실력 없는 상사가 줄 수 있는 수준 아닐까. 기술은 아니더라도 전체를 바라보는 시각 정도의 관점 정리는 해주어야 성장을 이야기할 수 있지 않을까.

싫은 소리로 사람을 누르지 않고 가르쳐준 것을 제대로 하고 그걸 자기 방식으로 더해서 일하는지를 본다. 그게 요즘 세대, 요즘 산업에 맞는 방식인 것 같다. 직원들이 퇴근하고 사비를 털어 학원에 다니며 직무 관련 강의를 듣는 것은 그만큼 회사 안에 알려주는 사람이 없다는 증거 아닐까.

"그러다가 이직하면 어떻게 하려고 그래요? 다 가르쳐주지 마요. 괜히 손해라니까. 고마운 줄도 몰라."

심심치 않게 듣는 말이다. 그런데 그게 두려워서 조직의 상태를 현재에 머물게 하자는 것인가? 경험상 보통 기술이 없는 사람일수록 이런 말을 하는 경향이 짙다. 나눠줄 기술이 있는 사람은 기본적으로 성장의 욕구가 있다. 과거에 배운 몇 개의 기술을 내 품에만 끌어안고 그것으로 먹고 사는 사람이 아니다. 그걸로만 먹고 살 수 없는 것을 아니까.

그래서 현재 내가 알고 있는 것을 공유하고 나 또한 그걸 디딤돌 삼아 새로운 것을 배운다. 피곤한 일이지만 산업이 그렇게 돌아가고 있기에 어쩔 수 없는 일이다. 가르쳐놓으니 이직하는 일도 있다. 솔직히 좀 피곤하다. 하지만 나도 이 회사에 계속 다니지는 않을 것이고 어딘가에서 다시 만날 수도 있지 않을까. 특별히 좋은 팀장이나 좋은 사람이 되고 싶은 생각은 없지만 그렇다고 나쁜 사람, 함께 일하기 두려운 존재가 되는 것은 싫다. 착한 팀장이 아니라 팀원들의 마음을 알아주는 팀장이 되고 싶은 게 끼인 세대 팀장의 한 명으로서 갖게 되는 작은 바람이다.

그렇지만 본 대로 한다고

조직 관리를 하면서 늘 어색한 마음이 있다. 사람은 어릴 때부터 보고 들은 것에 영향을 받는다고 하는데 회사 생활도 그렇다. 다른 곳으로 발령나기를 바라던 선배들의 모습이 내 안어딘가에 남아있는 것 같다는 생각이 든다. 그래서 가끔 '이건 아닌데' 싶을 때도 있다. 특히 기본적이라고 생각하는 것들. 제 시간에 출근하는지, 외근 간다고 하고 어디로 사라지는지, 커피 마시러 가서 한참을 안 오는지. 이런 것은 이야기하지 않을 수 없다. 공동의 룰이므로. 한 명이 어기는 순간 둑에 구멍이 나고 우르르 무너질 테니.

하지만 말꼬투리나 업무의 디테일을 가지고 뭐라고 할 수는 없다. 내가 배운 대로 과거 선배들의 모습을 반복하는 것으로는 조직 문화를 바꿀 수 없다. 그런 일이 다시 있으면 안 되기에 혹시 비판적인 생각이 들더라도 본질이 아니면 그냥 쓱 지나친다. 다행히도 최근에는 비슷한 팀장들이 많아지고 있다. 거대한 회사 담론보다는 팀원 개개인을 생각하면서 실제적인 동기부여를 이끌어내는 팀장. 팀끼리 있을 때 금기시되던 다른 회사 이직 이야기를 서슴없이 하기도 하고 경쟁력을 갖추기 위해 무엇을 할까 이야기하는 팀장 말이다.

전체적으로 쓸모있는 사람이 되면 여기서 더 좋은 퍼포먼스를 낼 수 있을 것이다. 물론 이런 사람을 회사가 붙잡을 수 있을지는 별개의 문제지만. 비슷한 나이대로 조직이 세대교체되면서 점점 이런 문화가 확산되고 있다. 물론 '젊꼰(젊은 꼰대)'도 있다. 이건 개인의 성향 문제에 더 가까운 것 같아 굳이 세대 간의 프레임으로 다룰 내용은 아닐 것이다. 어디든 권력을 지향하고 경쟁적이며 상대적 사고를 하는 사람들은 늘 존재하니까. 다만 다른 사람에게 감정적 피해를 주면서 공동체의 문화를 망칠 필요가 있을까. 우리가 주목하는 것은 몰입해서 함께 더 나은 업무 공간을 만드는 것이다.

로열티도 워라밸도
다 이해가 되냐고

칼퇴가 아니라 정시 퇴근입니다

오후 5시. 우리 회사는 근로 계약서 기준으로 오후 5시에 퇴근한다. 대리 이하 친구들은 이 시각을 지킨다. 언제부턴가 회사가 본인들의 미래를 지켜주지 않는다는 시그널을 보낸 이후로 당연한 일이 되었다. 물론 일이 남으면 알아서 야근을 한다. 철저히 결과로 말하는 문화니까. 그래서 5시 30분이 되면 사무실에는 몇 사람 없다. 정확히는 사무실에 남아있는 사원이 몇 없다. 과장부터 그 위에는 대부분 남아있지만.

회사 생활을 나름 오래 한 나로서는 굉장히 낯선 풍경이다. 예전에 내가 신입 사원일 때는 늘 택시를 타고 퇴근했었다. 지하철도 버스도 끊겨버린 시간이니까. 심지어 높은 사람들은 먼저 퇴근하고 그들 집에서 우리를 괴롭혔다. 인권이라고는 없는 상태로 사무실에 남아 메일로 전화로 카톡으로 일을 쳐내는 우리에게서 일말의 여유조차 앗아갔다. 그래서 이상했다. 관리자들만 사무실에 오래 남아있는 모습이 생소하다. 물론 그러라고 월급을 더 주는 것이겠지만. 이게 맞는 방향이고 바뀌어야 하는 직장 문화임에는 한치의 의심도 없다.

하지만 오후 5시가 지나서 업무 관련 이야기를 하려고 주변을 둘러보다 다들 퇴근했다는 것을 깨닫는 높은 사람들은 이 모습이 영 불편하다. 드러내놓고 말하지는 못하지만 내심 씁쓸하기도 하다. 열정을 갖고 일하는 모습의 척도는 동료와 함께 새로운 주제를 찾아 야근을 하는 것이라고 사석에서 조용히 말하기도 한다. 아무튼 주 52시간제 이후로 더욱 강화된 이런 모습은 이제 주변에서 흔하게 볼 수 있는 풍경이다. 적어도 주 3일 이상 택시를 타고 집에 가는 사람은 거의 보지 못했으니까.

나로서도 정시 퇴근을 딱딱 지키는 게 마냥 좋은 것만은 아니다. 맡은 일에서 어느 정도 퀄리티가 안정적으로 나오는 상황이라면 5시든 4시든 퇴근 시각에 신경 쓰지 않지만 말이다. 하지만 마지막에 가서 안타까운 수준의 결과물을 내놓는 친구들을 보면 그렇게 정시 퇴근하면서 일의 생산성은 왜 회복하지 못했을까 하는 아쉬움이 남는 것도 사실이다. 그렇다고 선배들처럼 그걸 가지고 직접적으로 말하지는 않는다. 다만 평가를 결과에 맞게 하면 그만이니까.

하지만 후배들에게는 업무 시간과 개인 시간은 선을 넘지 말아야 하는 것으로 인식되어 있다. 가끔 회사에서 커피를 마시면 후배들의 관심사는 회사 이야기가 아니다. 어떤 프로젝트를 이렇게 하는 것이 낫고 그 과정에서 새로운 기법을 찾아 여기 적용하자는 이야기를 후배들은 하지 않는다. 일이 정말 묘연해지면서 분위기가 꼬일 때나 커피 마시면서 하는 말이지 평소에는 가십거리라고 생각하는 주제들이 오간다.

퇴근하고 학원에서 새로운 취미를 배우고 있다는 이야기나 가족들과 시간을 보낸 이야기 혹은 오디션 프로그램에 나오는 사람들 이야기 같은 게 많다. 포기만 연속으로 할 수밖에 없는 후배들에게 회사에서 바라는 바는 어쩌면 워라밸과 즐거운 회사 생활 정도일지도 모른다는 생각이 들었다. 어차피 임원은 관심이 없으며 월급 오르는 규모는 너무 작아서 이걸로 매일 호가를 경신하는 집을 살 수도 없고, 코로나19가 터지고서는 그나마 낙이었던 해외여행도 못 가게 되어버렸으니 어쩌면 당연한 거 아닐까. 과정에서 의미를 찾는 게 나쁜 일은 아니니까.

어쩌면 선배들이 일을 하는 과정에서 보람을 느끼고 열정을 느꼈다면 후배들은 삶과 일을 함께하면서 느끼는 재미에서 행복을 찾는 건 아닐까. 5시가 되고 텅 빈 사무실을 보면서 내일 다시 밝은 모습으로 만나게 될 후배들의 모습도 생각나지만 동시에 아직도 퇴근하지 않고 남아있는 부장들의 표정을 보면 만감이 교차한다.

연차는 법적 통제를 받는다

"요즘 프로젝트 기간에 휴가 가는 사람들이 있더라고?"

나는 후배들의 연차 사용에 제한을 두지 않는다. 예전의 내 모습을 후배들에게는 물려주고 싶지 않았다. 그래서 결과물만 담보할 수 있다면 아프면 언제든 쉬고 그게 당연한 것이라 생각한다. 집에 가면 나를 반기는 우리 아들이 다니게 될지도 모를 회사 문화가 바뀌기를 바란다. 그게 나도 행복한 일이니까. 많은 돈을 벌 거면 개인 사업을 했을 것이다. 직장에서 개인이 기대하는 바, 얻어갈 수 있는 것은 어쩌면 뻔하지 않은

가. 하지만 가끔 임원들이 이렇게 한마디씩 하면 동참하는 시늉이라도 하려고는 한다.

"요새 회사 분위기가 안 좋으니까 되도록 위에 분들 눈에 밉보이지 않도록 이틀 이상 붙여서 연차를 쓰거나, 아니면 다음 달처럼 결과가 몰려 있는 달에는 되도록 연차를 아끼…"

이런 말을 할 때 스스로가 조금 싫다. 하지만 해야 한다. 내가 살아남으려면 말이다. 적어도 신경을 쓰고 있다는 표시는 선배나 후배들 양쪽에 보여줄 필요가 있다. 또 이런 말을 하면 대부분의 후배들은 이해해준다. 평소 어떻게 이런 지시가 내려오는지 자초지종을 충분히 설명해서 만든 이해의 그물이리라. 하지만 생각해볼 게 있다. 프로젝트 기간에는 무슨 일이라도 생기면 안 되는 것인가. 연차를 하루라도 쓰면 안 될 정도인가. 마음으로는 당연히 예전부터 내려오던 것이라고 생각하지만 머리로는 논리가 안 선다.

그냥 회사 참 안 변한다고 생각한다. 여전히 후배들에게는 하루라도 쉬라고 하면서 정작 나는 프로젝트 기간에 하루도 쉬지 않는 모습을 돌아본다. 쉬고 싶어도 쉬지 않는 것은 순전히 눈치를 보고 있어서다. 바로 위 1차 평가자들이 그런 걸 싫어하니까 좋은 평가를 받고 싶어서다. 엄밀히 말하면 내가 회생하는 것은 아무것도 없다. 내 가족들이 희생하는 것이지. 나는 단지 생존을 갈구하고 있다. 너희들은 편하게 지내. 나는 대신 열심히 일할 테니까. 그래서 누가 혼자 일 열심히 한다고 하면 마음속 깊은 곳에서 살짝 부끄러워진다. 그런 건 순전히 나 잘 보이자고 하는 일인데. 끼인 세대들은 워라밸과 눈치 보기 사이에서 계속 줄타기를 하고 있다.

물론 후배들은 연차에 대해 강경하다. 내 연차를 내가 왜 마음대로 쓰지 못하냐는 생각이 많다. 그 생각이 바뀌지 않으리란 걸 알기에 굳이 이걸 이야기하고 싶지는 않다. 선배들도 생각이 분명하다. 우리에게 너희들은 회사에 맞추는데 후배들은 왜 회사와 고통 분담을 하지 않느냐고 한다.

누울 자리를 보고 다리를 뻗으라는 직장 생활의 명답처럼 때로는 누울 자리 같은 선배에게 이런 속사정을 이야기한다. '시대가 변하고 있다', '다 나가면 누가 일하냐', '다른 회사에 비해서 제대로 된 대우는 받고 있는 거냐.' 이런 식으로 상황을 이야기하지만 통할 선배라면 벌써 이야기를 했겠지. 아직도 10년 전처럼 연차 사용 기준에 대해 말하는 선배들은 어차피 앞으로도 안 바뀔 터. 그냥 '그렇죠 뭐' 정도로 넘긴다. 일단 내가 살아야 하니까.

지나고 보면 눈치투성이

그러고 보면 우리 세대는 워라밸의 주인공은 아니었다. 입사할 때 회사에는 어마어마한 회식 문화와 군대 문화가 남아있었고, 한참 일할 때는 갈수록 취업하기 어려워지는 것과 비례해 실적 예상은 대부분 우울했다. 그런 틈속에서 워라밸을 생각할 수는 없었다.

어떤 날은 평소와 다름없이 출근했지만 그날 일이 많아 집에 돌아가지 못하는 경우도 있었고 그게 몇 박으로 이어지는 때도 있었다. 집에 중요한 일이 있어도 말할 분위기가 못 되어서 그냥 집에 양해를 구하고 야근도 하고 주말에 출근도 숱하게 했다. 엄중한 분위기? 그런 무거운 공기가 늘 사무실에 있었고, 이제는 은퇴했거나 그럴 무렵의 임원들이 회사를 그렇게 만들고 있다.

지금은 몇 년 새 달라진 직장 문화 덕분에 예전보다는 저녁이 있는 삶을 산다. 아이가 크는 것을 〈인터스텔라〉 주인공처럼 끊어 본다는 이야기, 주말에 뻗어 있으면 어느새 부쩍 자란 아이가 서 있다는 말은 이제 정말 과거 이야기다. 저녁에 아이와 놀아주는 대신 토요일에 불려나가는 경우도 적다. 적어도 예측이란 게 가능해졌다. 평일에 저녁 약속을 잡으면 일한다고 취소하는 일은 특수할 정도니까.

하지만 여전히 100% 쉴 수는 없다. 아직 나를 평가하는 사람들은 과거에 있고 우리는 후배들과 선배 사이의 중간 다리 역할을 하면서 조직 내부에 갈등이 쌓이지 않도록 하는 역할을 맡고 있다. 말과 행동이 일치하는 선배가 되고 싶다가도 여전히 전체주의적 사고를 앞세우는 상사 앞에서는 한없이 약한 존재다. 학습된 경험이 그런 거니까. 늘 눈치를 본다.

그러다 어느 순간 눈치를 보지 않게 된 계기가 있었다. 생각지도 않게 며칠간 아팠던 것이다. 허리가 아프다든지 독감에 걸려 며칠 격리를 필요로 하는 상황은 나이가 들면서 잦아졌다. 아픈 것은 내가 통제할 수 없으니까. 프로젝트 기간이고 뭐고 그냥 쉬어야 하니까. 아파도 출근을 해서 일하거나 하루 정도 쉬고 바로 출근하던 과거와는 달리 이제는 상황이 바뀌었으니 며칠씩 쉬어도 알아서 잘 돌아가고 있는 회사에 안도감을 느낀다.

결혼을 하고 아이가 생기고 아이가 커가면서 생기는 이벤트도 눈치를 보지 않게 만들었다. 꼭 아이가 아니어도 주변에 딩크족으로 살아가는 사람들을 보면 그 자리에 반려견, 반려묘가 있거나 정말 남다른 친분을 자랑하는 친구가 있기도 하다. 아무튼 아이가 어린이집이나 유치원, 학교에 다니면서 해야 하는 이벤트는 어지간하면 챙기려고 한다.

예전에는 일한다고 한창 귀여울 때 크는 모습을 온전히 누리지 못했으니 이제는 포기하지 않는다. 학부모 참관 수업, 학부모 상담, 교통 봉사, 체험 학습 등의 이벤트는 눈치의 대상이 아니다. 그러면서 개인 연차에 대한 이견은 자연스레 사라지고 선배들이 보기에도 이해할 만한 '우리 세대' 같은 중간 관리자로 살아가고 있다.

최근 직장 생활의 헛헛함 같은 것에 더욱 많은 생각을 하게 되면서 눈치보는 게 심한 편이었던 나는 과거와 작별할 생각이다. 개인 시간을 희생하면서 그게 회사에 대한 로열티라고 말하던 선배들을 무시하는 것은 아니지만 이제는 상황이 변했고 그것에 맞춰 회사와 내가 함께 잘되는 로열티를 보여주면 되는 것이다. 결과적으로 나만 챙기는 모습이 아니라면 후배들이 생각하는 '워라밸=당연한 권리'는 이제야 직장에 자리 잡아 가는 소중한 문화라고 생각하고 지지해주고 싶다.

결정할 수는 없지만
책임져야 하는

우리는 콜센터가 아니다

연일 회사 문화 혁신에 대한 이야기가 오간다. 실적이 안 나온 지 오래니 이제는 정말 뭐라도 해서 바꾸고 싶어 하는 듯하나 여전히 실체를 잡지 못하는 느낌이다. 이 어수선한 분위기가 이어지면서 조직 내부에서는 일에 집중하지 못하고 평소보다 더 자주 삼삼오오 모여 어딘가에서 이야기를 나누고 있다. 그리고 나른한 오후, 회사 메일 하나. '팀장들은 지금 회의실로 모이라.' 나른함에 잠이 쏟아지는 오후, 눈꺼풀이 확 떠진다. 무슨 일일까. 내용 없이 제목만 오는 메일에서 느껴지는 경험적 불안감. 불확실성이 주는 불안감을 떨치려 회의실 문을 씩씩하게 열어본다.

"이번에 직원들 사이에서 회사 문화 혁신과 관련해 오해가 있는 듯해요. 뭐 어떻게 하긴 할 건데 직원들 의견도 수렴하는 과정이 필요하지 않나 생각합니다. 여기 팀장님들께서 잘 들어주시고 가감 없이 좀 알려주세요. 사원들이 눈치 보지 않고 일하는 회사를 만들 수 있게 팀장님들이 역할을 잘해주시기 바랍니다."

우리가 그동안 이런 주제로 윗선에 했던 이야기들은 무엇인지 모르겠지만 일단 지금은 그게 중요하지 않다. 상사가 말했던 대로 팀원들의 이야기를 들어야 한다. 팀원들 하고도 평소 이런 이야기를 넋두리하듯 자주 나누어서 모르는 내용은 아닐 테지만 이런 자리를 만들어가는 게 중요하니까. 팀장들이 갑자기 사라진 사무실엔 더욱 큰 불안감이 내려앉았다. 이내 돌아온 팀장들의 표정을 살피는 팀원들을 데리고 회사 사람이 별로 없는 카페를 찾아나선다.

"그런데 무슨 이야기하셨어요?"
"이번에 회사에서 직원들이 몰입할 수 있는 문화를 만들어보려고 하나 봐요. 평소 생각하고 있던 것들을 먼저 나눠보고 정리를 해볼게요."

의외로 요즘 친구들은 이런 이야기를 꺼내면 솔직한 이야기를 해준다. 내가 이걸 말하면 상대방이 어떻게 볼까 눈치를 보는 게 우리 때보다는 확실히 덜하다. 우리는 신입 사원 때나 지금이나 이걸 말하면 상사가 나를 어떻게 볼까 싶어 일종의 모범답안을 말하는 친구들이 많았다. 나 역시도 그렇고. 많이 달라졌다는 생각을 해본다. 팀원들이 꺼내놓은 이야기는 다양했다. 새로운 평가 제도와 보상 기준, 기술 역량을 늘리기 위한 외부 유료 교육과 세미나 참석 등 지금 회사가 직원들에게 제대로 해주지 못하는 것을 있는 그대로 말했다.

"그런데 이런 거 말하면 적용은 되는 거예요? 또 몇 년 전처럼 그냥 듣고 몇 년 뒤에 다시 이런 거 하는 거 아니죠?"

정말 솔직한 말이다. 실은 나도 그렇게 생각하고 있었지만 누구에게 이런 속내를 털어놓을 수 없었다. 상사에게 말하면 회사 의도에 불만 있는 사람처럼 보일까 봐 말 못하고, 동료에게 말하면 내가 이런 이야기를 하고 다닌다고 소문이 날 것만 같았다. 팀원들에게 팀장이 회사 비전을 공공연하게 까면서 말한다는 게 어째 좀 해서는 안 될 일 같아 최대한 원칙에 가깝게 말하는 중이다.

"이번에는 반영이 될 거예요. 저도 몇 년 전에 이런 거 한 거 기억나요. 다는 아니지만 할 수 있는 것부터 바뀐다고 생각하시면 될 거예요."

질문에 답을 하면서도 자신이 없었다. 과거 패턴들을 볼 때 실현되지 않을 일로 보였다. 그렇지만 내 의지는 아니어도 어쨌든 팀원들 앞에서 이런 이야기를 꺼내놓은 이상 뒤로 물러설 수는 없었다. 사실 팀장은 그런 역할이다. 할 수 있는 권한은 없지만 책임도 따르고 관리해야 할 게 넘친다. 직원이면서 어느 순간에는 사측으로 보이기도 한다. 회사 상부에서 실제 해줄지 어떨지도 모르는 새로운 아이디어를 받아오라고 하면 팀장은 그 역할을 해내야 한다.

흔히 말하는 허리급의 연차에서 이 정도 역할을 해주지 않으면 조직은 순환하지 않는 혈관 같이 막힐 거라는 것을 알고 있다. 그러나 직원들의 열망을 회사가 지켜주지 못할 때는 중간에 끼어서 직원들을 케어하는 역할도 해야 한다. 전혀 다른 문화의 상사와 후배들 사이를 조율하는 역할은 정서적으로 몹시 피곤하다. 나 또한 회사 결정에 자주 상처입고 뭔가 소리내서 주장하고 싶어도 팀원들 앞에서는 큰 소리로 말하지 못한다. 정말 답답한 노릇이다.

그렇다고 회사 윗선에서 뭔가 반응이 없을 때 팀원들이 가만히 있는 것도 아니다. 적극적인 참여와 질문이 내게 쏟아진다. 하지만 나라고 다 알 수 있는 것도 아니고 다시 상사에게 가서 이야기하면 입을 닫고 정보를 공유해주지 않거나 '뭘 그런 걸 신경 쓰냐'는 듯한 핀잔을 받을 때도 있다. 나는 뭐하는 자리에 있는 것일까? 관료제 조직의 말단 중간 어딘가에서 서로 다른 세계에 사는 사람들을 연결하는 통역사 역할을 하고 있는 걸까?

이유가 없다면 최악

이전 시대의 미덕 중 하나는 '질문하지 않는 것'이었다. 학교에서부터 질문은 많이 하지 않았다. 대학교 강의 시간에도 질문은 늘 마지막에 부록처럼 '혹시 질문 있나?' 수준의 비중이었고 회사에 와서 상사의 말에 질문하지 않는 것은 당신의 말을 다 이해하고 대립하지 않겠다는 수준의 용례로 쓰였던 것 같다. 그래서 질문을 많이 하는 동기들은 늘 상사들의 뒷담화 대상이 되기도 했다.

"쟤는 질문이 너무 많아."

지금도 가끔 어느 화장실에서 나이 든 선배가 뒷담화 하는 이야기를 들어보면 나는 잘 모르는데 알려줘야 하는 귀찮은 과정 정도로 생각하는 것 같다.

회사에서 벌어지는 일들도 그렇다. 방금처럼 직원들에게 뭔가를 취합했거나 과거 무슨 일이 벌어질 것처럼 했던 일들이 어떤 이유에서인지 모르지만 이후 상황을 공유 받지 못할 때가 많았다. 뭔가 틀어진 것이겠지. 아니면 처음부터 그런 게 실현될 확률이 적은 게임이었거나. 그럴 때도 역시 선배들은 질문이 없었다. 그냥 추정하는 식으로 상황을 넘긴다. 이유 없는 침묵과 거절, 반려도 그런 것이다. 회사가 말을 해주지 않으면 그냥 그럴 이유가 있는 것으로 생각하고 넘어간다.

하지만 이유가 없는 것을 잘못되었다고 생각하는 문화는 나를 포함한 후배들 사이에서는 만연한 의식이다. 'Why'를 설명해주지 않으면 일 시작이 안 되는 친구들이다. 하지만 회사는 거기에 관심이 없다. 과거처럼 그냥 따라와야 한다고 생각하고 말을 못하는 이유는 보안상의 문제 정도로 가볍게 넘어간다. 아직도 질문이 어색한 회사가 너무 많다.

코로나19가 확산되면서 회사에서 다른 기업들처럼 곧 재택근무를 시작할 줄 알았다. 하지만 출근길 지하철이 넣넣해져 자리에 앉아 출근하는 게 당연해질 때까지 회사는 결정이나 과정의 공유를 한 번도 직원들에게 해주지 않았다. 그러더니 어느 날 내일부터 집에서 일하라는 통보. 물론 회사 출근보다는 집에서 일하는 게 좋지만 과정에 대한 공유가 없고 그냥 받아들여야 하는 상황에 썩 개운치 않았다.

그렇게 시작한 재택 근무나 유연 근무제도 갑자기 어느 날 사라져버렸다. 물론 이 책을 쓰는 지금도 코로나19는 여전히 많은 수의 신규 확진자를 만들어내고 있다. 하지만 어떠한 논의도 없이 정말 중요한 결정은 회사 마음대로 끊어버린다. 아래에서 올라오는 소리들이 막히면서 솔직하고 열정적인 후배들은 금방 여기서 일할 동기를 잃어버린다.

직원들을 달래고 다시 몰입할 수 있는 환경을 만드는 역할은 우리 몫이다. 3말4초, 30대 끝에서부터 40대 초반까지의 직원들. '왜 회사는, 선배들은 이런 과정을 오픈하지 못할까' 하고 고민하기보다는 당장 하루하루 마감을 생각하며 어떻게든 직원들을 달래는 나 같은 힘든 사람들 말이다. 권한이 하나라도 있으면 좋겠다는 동기들의 이야기를 듣는다. 그게 몇 푼의 복리후생비일 수도 있고 일부 평가 비중에 반영할 수 있는 역할이어도 괜찮다. 아니면 팀별로 조직별로 다른 문화를 만들었을 때 위에서 신경 쓰지 않는 것도 좋다.

너무 다른 세계의 두 세대 사이에서 권한마저 없는 상황이면 우리는 사이에 끼였는데 정말 아무것도 할 수 없게 된다. 몰입과 함께 요즘 많이 나오는 단어인 '자율성'은 누구에게나 필요한 말이지만, 특히 우리 세대의 회사 생활에 더욱 필요한 말처럼 들린다.

실무도 하고 매니저도 하는
나는 철인

쓸모있는 사람은 무엇일까

회사 익명 게시판 애플리케이션인 '블라인드'를 보면 일 안 하는 팀장 이야기가 많이 나온다. 하루 종일 누구와 만나서 커피 마시고 사무실에 들어오면 인터넷만 보고 있다는 내용이다. 나도 팀원일 때는 그런 팀장이 되지 않아야겠다고 다짐했다. 지금 하는 일을 더 잘해서 기존에 하지 못한 일을 해내는 '테크 리드(tech-lead)'로서의 팀장이 되겠다고 생각했다. 하지만 막상 팀장이 되고 하루하루 회사 생활을 하다 보니 다짐처럼 되는 것만은 아니었다.

최근 기술이나 트렌드 동향을 공부하고 조직에 전달해서 실무에 입히는 일을 안 하는 것은 아니지만 할 시간이 많이 없었다. 대부분은 다른 조직과 만나는 미팅과 팀의 대표로서 회사에 보고하는 일에 시간을 할애하고 있었다. 사실 자리가 사람을 만드는 게 아니라 보는 눈을 만든다는 표현이 더 정확한 것 같다. 예전에는 훌륭한 결과물을 어떻게 만들까 고민해서 성과를 만들었다면 지금은 어떻게 일을 꾸미고 발전시켜야 하는지가 더 중요하다는 생각도 든다.

단순히 사람을 만나러 밖으로 돌아다니는 것이 아니라 그 행위를 통해 더 큰 쓸모도 있음을 느낀다. 결국 사람과 사람 사이의 행위가 기업 활동의 핵심이니까. 하지만 요즘은 관리자를 위한 자리가 없지 않나. 예전과는 다르게 기업에서 관리는 갈수록 중요도가 떨어지는 것 같고 바뀌고 있는 산업 지형도에 따라 새로운 기술을 쓸 수 있는 사람이 더 높은 몸값을 받는 것 같다. 그래서 나 자신의 진로와 조직에서의 쓸모 사이에서 늘 고민하고 망설이게 된다.

"뭘 그런 걸로 고민해. 그냥 편하게 살아."

친한 선배에게 고민을 털어놓으면 돌아오는 답은 이런 식이다. 실무를 손에서 놓으라는 것이다. 실무를 놓음으로써 버는 시간에 관리를 하고 영업을 따오는 데 더 신경 쓰라는 이야기. 선배들을 보면서 한 회사 생활은 대부분 그런 것이었다. 일정 연차가 되면 실무를 놓고 관리를 하면서 더 큰 성과를 만들어가는 것. 그래서 우스갯소리로 빨리 실무의 지긋지긋함을 내려놓고 관리를 하고 싶다는 선배들도 있었다.

하지만 그 선배들 중 일부는 한 순간에 관리자의 자리에서 밀려나고 돌아보니 할 줄 아는 것은 없고 예전에 알던 실무는 이미 상황이 바뀌어 결국 아무 부서에서도 받아주지 않았다. 그런 걸 보면서 역시 '사람은 기술이 있어야 해.'라는 생각을 뿌리 깊게 하게 되었고, 지금 우리 세대는 어지간하면 실무를 놓으려고 하지 않는다.

하지만 이미 몇 년 이상 관리자로 지내 온 선배들은 본인들이 관리를 내려놓는 순간 갈 곳이 없다는 것을 알기에 그걸 끝까지 움켜쥐려 한다. 관리자는 결국 위를 향한 목표 외에는 존재하기 어렵고 그에 따라 끊임없는 정치가 회사에서 벌어진다. 회사에서 나의 쓸모에 대해 고민하는 것은 같지만 겪은 상황이나 서 있는 위치에 따라 대응하는 방식은 전혀 다른 것이다.

야근을 할 수밖에 없는 초보 팀장

오늘도 야근이다. 저녁이 되자 하나둘 자리를 뜨고 결국 남은 사람들은 관리자들이다. 어제나 오늘이나 비슷한 그림이다. 가끔 이제 일을 배우거나 부서를 옮긴 친구들이 야근을 하는 동료가 되지만 상당수는 초보 팀장이다. 왜 우리는 야근을 할까? 야근을 하는 팀장들에게 더 높은 상사가 와서 격려한다고 한마디씩 건넨다.

"원래 팀장을 처음 하면 뭔가 해야 할 것 같은 생각이 들지. 그래도 살살해가면서 해. 오늘만 날인가. 어서 들어가."

이렇게 말하면서 정작 본인은 퇴근할 생각이 없다. 무관심보다는 고맙지만 실상 야근하는 이유는 선배의 말과 사정이 좀 다르다. 실무와 관리, 두 가지를 놓지 못해서다. 마이크로 매니저가 되는 것은 싫다. 그래서 일의 초반에 내용을 잘 공유하고 원하는 결과의 이미지와 방법론에 대해서 서로 합의만 되면 일이 돌아가는 중간에는 어지간하면 개입하지 않는다. 그건 서로의 역할을 넘어서는 일이니까. 그렇다고 실무를 손에서 놓기도 싫다. 그래서 대부분의 초보 팀장들은 내가 잘할 수 있는 일을 중심으로 실무를 나눠서 계속 맡고 있다.

보통 이런 식이다. 새로운 기술을 적용해야 하는 프로젝트

나 중요한 의사 결정과 관련된 일은 팀장이 직접 실무를 맡는 경우가 많다. 아무래도 팀원 중에서는 이런 것을 해본 경험이 없거나 있어도 아직 믿을 수 없는 경우가 있으니까. 그래서 팀장의 일은 무겁다. 중요한 일이 많으니까. 연차가 더 쌓인 선배 팀장은 반대로 아예 중요하지 않은 일만 맡고 중요한 일은 팀원에게 주는 경우도 있다. 아무래도 후배가 회사에 더 알려지기를 원하는 마음에서 중요한 일을 주는 것 같다.

어떤 식이든 팀장이 실무와 관리를 함께 맡는 순간 관리의 중력에서 벗어나려는 어려운 싸움을 하게 된다. 사실 관리는 벗어날 수 없다. 그냥 틈틈이 빨리 쳐내는 것에 가깝다. 많은 문서 작업이 없어졌다고는 하지만 여전히 적지 않은 보고와 취합이 회사라는 조직 특성상 수시로 일어나고 있다.

당장 회사 야유회를 가도 누가 가는지 조직별로 조사하는 메일이 온다. 이렇게 툭툭 치는 펀치를 계속 맞다 보면 나중에는 정신 차리기가 힘들 정도로 평정심이 무너진다. 정말 중요한 일을 몰아서 해야 진도가 나가는데 잽을 맞듯이 잡무 관리를 쳐내면 중요한 일을 몰아서 할 겨를이 없다.

"중요한 것부터 해. 긴급하고 중요한 업무를 따로 구분해서 하란 말이야."

책에서나 나오는 이야기다. 관리는 하찮게 보이는 사안도 대부분 급하게 내려오곤 한다. 높은 수준의 결과물, 새로운 기법을 요구하면서 관리를 다 해내는 건 어려운 일이다. 어서 팀원 중 한 명을 나 대신 테크 리드로 만들거나 관리 요소 자체를 팀원들까지 작성하게 하는 게 방법이지만 둘 다 이상적이라는 생각은 들지 않는다. 과연 월급을 더 받는 내가 해야 할 일이 정말 관리, 매니징인가? 시장을 돌아보면 그게 가치가 아니라고 말하는 것 같다.

실력자 선배들의 이직

저녁에 시간을 내서 몇 달 전 다른 회사로 이직한 선배를 만났다. 우리가 흔히 말하는 실력자. 좋은 회사로 이직한 것도 실력자의 증표지만 이미 같이 있을 때부터 실력자였다. 저런 사람이니까 저런 데 갈 수 있다는 생각이 들었으니까.

"내가 왜 이직한 줄 아냐? 계속 파워포인트 문서만 만들다가 어느 날 회사 그만둘 것 같았거든. 나는 개발을 계속하고 싶었어."

회사는 실무의 실력자들이 더 발전할 여지를 주지 않았다. 아이러니하게도 실력이 있을수록 실무와는 더 멀어졌고 실무를 못하는 사람일수록 더 오랫동안 실무를 하게 되었다. 실무를 잘하면 오히려 자기 꿈, 커리어가 달라져야만 하는 상황에 놓인 것이다. 전통적인 기업에서 벌어지는 일이다. 그래서 선배는 전통적이지 않은 회사로 갔다.

"우리 회사는 아무도 매니징을 안 하려고 해. 그냥 프로젝트를 할 때마다 문서 작성 방식이 조금씩 달라. 각자 자기 파트 나눠서 작성하고…"

벌써 우리와는 달랐다. 끼인 세대가 부러워하는 환경. 관리라는 게 별도로 존재하지 않고 자기가 전문적으로 할 수 있는 분야에서 각자 역할에 맞게 관리에 해당하는 것을 하고 있었다. 관료제 조직에 얽매이지 않고 개인 혹은 업무에 따라 서로 다른 조직이 모였다가 흩어지면서 일하는 조직. 실무를 잘하면 계속 실무를 하면서 일할 수 있는 골격은 갖춘 것처럼 보였다.

그래, 야근을 해도 어떤 일로 야근을 하는지에 따라 다르지. 파워포인트 문서를 만들면서 퇴근을 못하고 있으니 후배가 고생한다고 말하며 퇴근하는데 그 말이 마치 '이런 걸 하느라 고생한다'라는 것처럼 들렸다. 실무를 하면서 혼자 사무실에 남아 금요일 저녁을 컵라면으로 때워도 새로운 것을 배운다는 재미가 있었는데 지금은 뭘 배우고 있는 걸까.

신입 사원 때는 하지 않았던 고민을 지금 와서야 하고 있다. 이제는 위로 올라간다고 편한 것도 아니고 정년까지 회사를 다니지도 못한다. 층층 구조의 결제 라인은 간편하게 바뀌었고 뭔가 중요한 사안이 위에서 떨어졌을 때나 만들었던 TF 팀도 수시로 생기고 있다. 매년 다른 이름으로 불리면서 말이다. 어느 날 야근을 하는데 나를 격려했던 그 선배가 저녁 먹으러 가자면서 이런 이야기를 했다.

"실은 너는 그래도 좀 나은 거야. 나는 하루하루 무슨 일을 하는지 모르겠어. 미팅만 하다가 하루가 가는 거 같다. 이러면 나한테 남는 게 뭐가 있겠어. 위에서는 매주 뭘 그렇게 써오라고 하고. 나는 커리어가 죽어가고 있는 기분이야. 퇴근하고 집에 가서 뭔가를 봐야 한다니까."

이미 관리자 라인으로 걱정 없어 보이던 선배의 말이 예사롭게 들리지 않았다. 결국 이런 상황에서 내가 살아남는 방법은 철인으로 버텨가며 실무와 관리를 다 해내는 것인가, 아니면 눈 한 번 감고 조금 편하게 관리자로 돌아서는 것인가. 체력이 버틸 때까지는 계속 이 고민을 해가면서 야근을 한다. 어차피 야근을 줄일 방법도 내가 만들어야 하는 상황이니까.

삡. 꼰대 되기 직전

나도
편해지고 싶다

셀러던트의 그늘

퇴근하면 현관에서부터 아들이 놀자고 달려온다. 씻을 때도 밥 먹을 때도 늘 옆에 붙어 있다. 같이 놀 때까지 옆에서 기다리고 있는 것이다. 사실 하루 종일 회사에서 시달리다 녹초가 되어 집에 와서 아이랑 놀아주는 게 쉬운 일은 아니다. 그래서 너무 힘든 날이면 놀자는 제안을 뿌리친다. 그러면 아들의 시무룩한 표정이 눈에 밟힌다. 언제까지 아이랑 놀아줄 수 있는 것도 아닌데 그냥 놀자는 생각이 든다. 그렇게 하루하루 시간이 지나간다.

사실 삶에서 가장 중요한 건 나와 가정이라고 말하는데 한창 때는 그걸 느끼기가 쉽지 않았다. 퇴근하고 쉬고 있으면 머릿속을 떠나지 않는 불편함이 있었다. 업무에 활용할 것들을 공부해야 한다는 생각이 늘 발목을 잡는다. 새로 나온 책을 읽으면서 최근에 어떤 변화가 있는지 파악하고 그걸 어떻게 구현할 수 있을지 관련된 기술도 하나씩 직접 해보고 동영상 강좌도 보고. 아들과 역할 놀이를 하다가 누워 있는데 갑자기 이런 생각이 들면 강박에 시달리고 있다는 것을 체감한다.

처음에는 마냥 공부하는 직장인이 멋있고 나도 계속 그렇게 살 줄 알았다. 자격증 취득도 게을리하지 않았다. 새로운 게 나오면 시간을 정해놓고 미리 공부하고 준비하는 타입이었다. 누구와 비교해서 실력이 뒤처질까 봐 편하게 사는 내가 늘 불안했다. 그런 불안은 결과적으로 나를 성장시키는 동력이 되어주었다. 하지만 마냥 그럴 수는 없었다. 인생에서 우선순위가 바뀌면서 선배들의 모습이 이해되기 시작했다.

마지막 수업

나이가 들면서 '인생의 끝에는 뭐가 있을까' 하는 생각을 자주 하게 된다. 어느 순간 정신을 차려 보니 어릴 적 꿈과는 멀리 떨어져 흘러오고 있었고, 이런 루틴이라면 큰돈을 만져보거나 이름난 사람이 되는 것은 어려울 것 같았다. 그럼 나는 무얼 위해 그 많은 야근을 하고 에너지를 써가며 숱한 나날을 보낸 것일까.

예전에 〈마지막 수업〉이라는 책을 인상 깊게 읽었다. 미국의 한 대학 교수가 아들에게 남기고 싶은 이야기를 정리해 책으로 썼고 실제 책이 출간되고 얼마 뒤 암으로 세상을 떠났다는 이야기를 들은 것 같다. 충격을 받았던 것은 책을 쓴 교수가 너무 젊다는 것이었다. 아직 아들이 너무 어리니까 커서 들려줄 이야기를 책으로 출판한 것으로 기억한다.

죽음은 우리와 그렇게 멀리 떨어져 있는 것이 아니라는 생각을 하게 되었다. 회사 생활을 하면서 이용한 수많은 야근 택시들. 택시 속에서 내가 꿈꾼 것은 하는 일이 잘 됐으면 하는 것도 있겠지만 그걸 통해 직장인으로서 나에게 주어질 기대값 상승도 있었을 것이다. 하지만 이제는 가장 소중한 것이 그런 것이 아님을 안다.

신혼 때 허리 디스크가 파열된 적이 있었다. 크리스마스 저녁, 집에서 냉장고에 넣어둔 케이크를 가지러 가다가 정말 갑작스럽게 앞으로 쓰러지고 말았다. 쓰러지고 나서 한동안 몸을 움직이지 못했다. 통증이 너무 심해서 조금만 움직여도 온

몸의 신경이 끊어질 것 같은 기분이 들었다. 크리스마스를 정형외과 병실에서 보냈다. 결혼하고 처음 맞았던 크리스마스부터 다음 해 1월 중순까지 나는 집에서 거의 누워있었다.

눈이 내린 토요일, 집 앞에 있는 빵집을 걸어가면서 이제 더이상 허리가 아프지 않음을 알게 되었을 때의 기쁨은 말로 표현할 수 없다. '삶에서 가장 중요한 것은 무엇일까' 하는 질문 앞에서 처음으로 제대로 된 답을 찾았던 시간이었다.

'나도 편해지고 싶다.'
'인간답게 살고 싶다.'

선배들이 만들어둔, 사실상 블랙 기업 같은 기업 문화에서 신입 사원 생활을 한 나는 대학 시절 당연하게 여겼던 문장 앞에 오랜만에 마주 서게 되었다. 취업의 어려움으로, 신입 사원의 치열한 경쟁 속에서 잊고 지내던 명제 앞에 다시 서면서 아이러니하게도 놀고 있는 것처럼 보였던 선배들이 이해되기 시작했다.

경영이란 신기루에 빠져버리자

좋은 관리자의 능력 중에 의사결정이나 조직 외부와의 커뮤

니케이션이 있는 것은 당연하다. 조직을 대표하는 책임이 따르는 것이니까. 하지만 삐딱하게 바라보면 사실상 실무는 하지 않고 커피나 마시면서 아무나와 이야기하는 데 상당한 시간을 할애하는 사람 같기도 하다. 실무를 넘치게 할 때는 그런 눈으로 보기도 했다. 그러면서 그 관리자의 능력이란 것의 실체가 회의적이었다.

경영은 실체에 비해 이름과 가치가 과대평가되었다고 생각했다. 경영 이론에서 출발한 수많은 보고서와 씨름해야 했던 과거로부터 회사는 별로 나아지지 않았고 오히려 실무와 관리의 간극은 멀어졌다. 선배들은 어느 날부터 실무를 모르는 사람이 되었고 후배들은 경영을 꼰대들이 말하는 명분 정도로 취급하기 시작했다. 두 세대를 모두 겪으면서 예전에 견고하게 믿었던 경영이나 관리의 프레임이 그래도 필요한 것이 아닌가 하는 생각이 들기 시작했다.

그렇지만 오직 경영 관리 하나만 믿고 실무는 더 이상 하지 않는 선배들이 다소 여유로워 보이는 것 또한 사실이다. 나이가 들면서 고객의 변화에 둔감하게 되고 저녁마다 새로운 것을 배우거나 주말에 책을 한 권씩 읽을 수 있는 상황이 아니다 보니 나도 그 여유로움에 한 발 담그고 싶었다.

"언제까지 실무 잡고 있을 거야? 이제 더 큰 거 봐야지. 회사도 일 잘한다고 인정해주지 않아."

사실상 회사에서 하는 인정이란 상사의 질문에 대답 잘하는 것과 그 사람들이 직접 해야 할 일을 대신해 주는 것으로 귀결되고 있는 것 같다. 실제로 고객이 좋아하는 제품을 만들고 서비스를 기획해서 좋은 성과 혹은 높은 매출을 가져온다고 해도 박수 몇 번에 그치고는 곧 잊혀진다. 반면 한 번 성공한, 코드가 맞는 친구에게는 실질적인 보상이 이어진다. 그래서 아껴준다는 선배들도 직무로서 어떤 사람, 전문가가 되기보다는 당장 회사에서 쥘 수 있는 실제적인 것을 거머쥐도록 이런 조언을 하는 것이겠지.

조금 편해지기로 마음먹으면 몸도 편하고 상대적으로 높은 기대값에 닿을 수 있을 것이다. 하지만 '이게 사축이 되어가는 과정인가'라고 스스로 물어본다면 좀 망설여진다. 대부분의 끼인 세대들이 회사 안에서 놓인 상황은 실무의 마스터에서 관리자의 단계로 넘어가는 상황이다. 실무의 마스터만으로는 회사 내에서 보장받을 수 있는 자리가 없거나 너무 한정적인 것이 현실이다. 기획서를 쓰기로 하고 나도 경영의 자리로 한 발 내딛는다. 타의지만 자의도 섞인 채로.

느린 템포로

빠르게만 흐르던 일상의 속도가 줄어들지 않는다. 하루하루 비슷한 일로 인해 일상이 단축된 느낌으로 다가오는 것은 아닐까. 사실 치열한 것으로만 보면 20대 후반, 30대 초반까지였던 것 같다. 물리적인 에너지를 더 많이 헌납하면서 자리를 잡기 위해 애쓴 시간들. 그런 시간에 비하면 지금은 에너지보다는 이미 굴러왔던 관성을 이용해 오늘과 내일을 다소 편하고 무난하게 보내는 것 같다.

사무실에서 만난 신입 사원들은 에너지가 넘친다. 그때만 볼 수 있는 미소와 인사성도 아직 사라지지 않았다. 하지만 이들은 편해지길 원하지 않는다. 워라밸을 원하지만 벌써부터 바닷가에서 조개만 줍고 앉아있는 노인들처럼 바다를 즐기고 싶어 하지는 않는다. 바다에 뛰어들어 닿지 못한 곳에 다다라 얻게 되는 새로운 지평을 본인의 훈장처럼 받고 싶어 한다. 물론 워라밸도 챙기면서 말이다. 이 모든 결정과 성취가 타의가 아닌 스스로의 결정과 자율 안에서 이루어지길 원하니까.

그에 비하면 나나 선배들은 이제 에너지가 없다. 경영이라는 이름 뒤로의 도피라고는 생각하지 않지만 우리의 에너지는 별 새로울 게 없다. 신박한 아이디어가 있는 것도 아니고 새로운 고객층만큼 시장의 트렌드를 아는 것도 아니다. 그러나 나름 우리는 이 나이에 얻은 패턴들로 기여한다고 생각한다. 하지만 그 패턴 자체에 에너지가 소비될 게 없으니 요즘 친구들이 보면 회사를 그냥 설렁설렁 다니는 것처럼 보일 수도 있다. 철저하게 낮은 템포로.

더 하고 싶어도 하기 어려운 신체적 한계, 사회적으로 회사 생활뿐 아니라 신경 써야 하는 게 한두 가지가 아닌 상황, 장래에 대한 걱정들이 늘 함께하고 있다. 이런 나이를 후배들은 이해할 수 있을까? 물론 노는 꼰대들도 많지만 마냥 노는 게 아니라 과거에 한두 가지 잘한 일들이 있을 텐데 그걸 그들이 이해할까 하는 생각도 든다. 물론 이 상황에 기대어 이 에너지 레벨로 오늘을 어제처럼 살지는 말아야지. 이제 그러기에는 살아남을 수 없는 세상이 오고 있으니까.

결국 내가 세상을
바꿀 수는 없다

S등급 선배의 임금 피크제

직장인들에게 평가는 벗어날 수 없는 굴레다. 전통적인 방식과는 다르게 한다고 하는 회사도 결국 마지막에는 평가가 기다리고 있으며, 평가의 끝에는 언제나 명암이 동시에 존재한다. 그래서 평가는 직장인들에게 민감한 문제다. 여럿이 모인자리에서 마지막에 꼭 등장하는 것 중 하나도 평가에 대한 이야기다. 왜 일하는가에 대해 생각해보면, 한때는 사회적 업적이나 빛나는 커리어를 위한 레퍼런스 확보를 가장 먼저 말한적도 있었다.

물론 지금도 그런 이야기를 다른 사람 앞에서는 먼저 한다. 하지만 이제는 그런 게 정말 존재하는지에 대한 의문이 드는 것도 사실이다. 아주 희박한 확률을 바라보며 몇십 년을 살아가기에 세상은 성공보다 실패가 훨씬 많고, 이상주의자보다는 현실주의자의 말이 맞는 경우가 더 많다. 어쨌든 지금은 내 앞에 떨어지는 보상과 처우가 일하는 이유의 첫 번째다.

"오래 일하고 싶어요. 다른 건 필요 없고 임금 피크제라도 하면 월급 깎여 가면서 오래 일하고 싶어요. 막내 대학 갈 때까지는 일을 해야 하는데…"

첫 직장에서 몇 년간 소위 S 평가를 연속으로 받은 선배와 아침밥을 먹다가 이런 이야기를 들었다. 당시 20대 후반에 불과했던 나는 너무나 겸손한 말 혹은 본심을 숨기며 하는 이야기 정도로 생각했다. 누가 봐도 향후 CFO 1순위였는데 너무 순진한 대답이라고 생각했다. 그렇지만 딱 이정도 연차가 되어 그 선배의 말을 곱씹어보면 정말 누구나 원하는 소망이 아닐까 하는 생각을 한다. 임원이 되어도 언젠가는 회사에서 나가야 하는 게 현실이다.

더군다나 요즘 점점 출산 연령이 늦어지고 있는 것을 생각하면 자녀가 대학을 졸업할 때까지 부모로서 돈을 벌고 싶다는 소망은 사실 소박한 것 이상의 꿈이다. 뭔가를 통해 성취를 이루는 것보다 어느 순간부터는 오랫동안 수입을 유지할 수 있는 길을 생각할 수밖에 없는 상황이다.

회사에서는 왜 그렇게 적극적인 공격보다 수성에 더 열을 올릴까. 책임지는 사람은 없고 그나마 일을 벌리는 사람도 어느 순간 숨어버린다. 이것도 샐러리맨의 숙명상 오랜 시간 소득을 유지하기 위한 본능 아닐까. 전문가보다는 올라갈수록 한 둘밖에 없는 관리직 포지션만 남겨두는 특유의 조직 구조 아래에서는 더더욱 보신주의가 강화될 수밖에 없다. 그 좁은 자리의 특성상 샐러리맨의 수입 연장은 줄서기와 불가분의 관계가 되어버렸다.

줄서기, 상대주의의 금과옥조

평가에는 불문율 같은 게 있다. 어지간히 밀어주는 사람이 아니라면 승진 후 첫해 고과는 좋을 수 없다는 것이다. 승진은 상대평가로 결정하기에 승진 때까지 조직 내부에서 승진할 만한 당위성을 만들어주면 승진 후에는 그 다음 사람을 위해 다시 가장 낮은 평가로 돌아가는 게 익숙한 패턴이었다. 승진할 자리는 제한되어 있고 상대평가는 견고한 평가 철학으로 존재하기에 이런 일이 반복되는 것이다.

그러기에 승진을 하면 첫해에는 보통 일을 열심히 할 동인을 잃어버린다. 어차피 열심히 해봤자 평가 절하되는 상황이니 지금 굳이 열심히 할 이유가 없는 것이다. 아이템을 아꼈다가 그 다음 해부터 실적으로 거둬들이려고 한다. 성과주의 보상과 평가라고 말하는 조직 중에서 이런 식의 조직이 생각보다 많다. 결국 현재 직급에서나 조직에서 다음 승진할 사람 중 몇 번째, 혹은 미래에 경영진이 될 사람 중 몇 번째 내에 내가 있느냐의 암묵적인 순위 다툼이 조직 내부를 지배한다.

출신 성분이 줄서기에서 발휘하는 효과는 적지 않다. 채용을 어떻게 해서 여기까지 왔느냐는 다 알려진 차별의 요인이다. 경력직이나 인수 합병 기업의 직원보다는 이왕이면 공채, 그 중에서도 특별 채용된 직원이 보이지 않는 가점을 받고 있는 조직이 꽤나 많다. 상대주의 아래서 아무리 성과로 승부를 보려고 해도 마치 국가공무원 채용 시 반영되는 각종 가점처럼 이겨내기 어려운 장벽이 존재한다.

새로 승진한 팀원을 어떻게 동기부여시킬 수 있을 것인가? 이 부분이 팀장들 사이에서는 적지 않은 고민이다. 승진하기까지 그토록 고생했으니 승진 후 맛보는 기쁨은 곧 번아웃 된 에너지를 충전하는 시간으로 바뀐다. 그래서 상대평가를 없애자는 이야기가 내부적으로 흘러나왔다. 팀장들이 모여 평가 방식을 바꾸지 않으면 안 된다는 이야기를 몇 년 전부터 공공연하게 하고 다녔다.

하지만 바뀐 것은 없다. 회사는 이사회의 결정에 따라 움직인다. 이사회를 이루는 임원들의 생각이 바뀌지 않는 한 팀장들이 모여서 바꾸자고 말해도 실제로 바뀌는 것은 없다. 한때는 사원의 패기로 모든 것을 바꿀 수 있을 것처럼 일하기도 했지만, 어느 날 주변을 돌아보니 혁신적이고 진취적인 친구들부터 버티지 못하고 회사를 떠났다. 길들여진다는 것은 무서운 일이다.

부장들이 가끔씩 하는 말, '누울 자리를 보고 다리를 뻗어라.' 인정하기는 싫었지만 이 말만큼 회사 생활을 잘 설명하는 격언은 찾기 어렵다. 나도 누울 자리인지 아닌지 가리는 것을 모든 일과 만남의 시작으로 삼기 시작했다. 꼰대라고 불렀던 사람들이 왜 그리 치고 빠지기를 잘하는 것인지, 아래에서 올라오는 숱한 변화의 목소리를 왜 외면하고 다녔는지 슬프게도 이해가 되는 나이가 되었다.

내 이마에 보석을 박아야 하는 순간

누울 자리는 사실 점점 존재하지 않게 되었다. 더 오래 회사를 다니기 위해 더 현실적이고 보수적인 접근을 할 수밖에 없다. 슬프게도 팀원들 이야기보다 상사의 이야기에 몸이 흔들린다. 그것이 꼭 나쁜 것은 아니라는 생각도 들고. 그토록 싫어했던 꼰대 선배들과 마주보고 이사회가 좋아할 만한 기준과 생각을 나누면서 웃고 있는 내 모습에서 묘한 두려움이 느껴진다. 나도 꼰대가 되어가고 있다는 생각.

이번에 승진한 친구에게는 현실적으로 높은 평가를 주기 어렵다. 한 명이 아쉬운 상황에서 오랜 기간 승진을 못한 친구에게 낮은 고과를 주면 지금까지 쌓아온 카르텔이 모두 무너지는 셈이다. 갑자기 나가라는 신호로 받아들여질 테니. 이번에 승진한 친구는 불합리한 결정이라는 것을 알아도 관례적으로 하는 일이니 이해해줄 가능성이 높다는 생각도 든다. 반대하고 싫어하던 일을 해야만 하는 상황이 온 것이다.

디아블로라는 게임이 생각난다. 어릴 때 하던 RPG 게임인데 지하 던전을 한참 내려가 악의 화신인 디아블로를 공격해 마을의 평화를 되찾는다는 스토리다. 끝판왕인 디아블로를 물리치고 나서 본 엔딩의 충격이 잊히지 않는다. 디아블로 이마에 박혀있던 보석을 칼로 도려낸 다음 주인공이 자신의 이마에 박고는 또 하나의 디아블로가 된다는 내용. 마치 절대반지처럼 누구나 다 그렇게 하는 것처럼 가치충돌 없이 말이다.

회사 생활에 딱 그런 연차가 되었다. 내가 할 수 있는 것은 무엇일까? 팀원을 설득한다. 이미 나온 결과지만 과거 선배들의 옹색한 변명 같은 말을 평가랍시고 후배들에게 했던 것처럼 잘하고도 낮은 평가를 받아야 하는 후배에게 비슷한 말을 할 수밖에 없다.

"편하게 이야기하셔도 돼요. 이번에 그렇게 나올 건 알고 있었어요."

의외로 담담한 목소리로 말하는 후배를 보면서 '어떻게 할 수 없는 구조에 갇힌 사람들끼리 여기서 뭘 하고 있나' 하는 생각이 든다. 그러면서 이 구조가 바뀌지 않고 시간이 흘러 이번에 받은 다소 낮은 평가가 다음에 본인에게 높은 평가로 바뀌어 돌아올 거라는 카르텔이 만들어졌다는 것도 느낄 수 있다. 제도가 불합리하다고 생각되면 사람들은 제도를 이용해 해당 제도의 취지와 상관없는 카르텔로 현실을 빠져나간다. 그게 맞고 틀리고를 떠나 우리는 더 이상 물러설 수 없기 때문이다.

지인 중 한 명은 코로나19 팬데믹 이후에 직장에서 자리를 잃게 되었다는 이야기나 무급 휴직을 언제까지 할 수 있을지 모르겠다는 말로 현재의 자신을 설명한다. 치솟는 집 값이나 몇 달 전 구입한 주식이 오르는 것으로 이런 구조 속에서 탈출할 생각을 하면서 말이다.

하지만 곰곰이 생각해보면 이런 것들로 샐러리맨 구조에서 탈출할 확률과 지금 후배들이 일하기 좋은 직장을 만들기 위해 한 번 모험을 걸어볼 확률은 비슷하지 않을까? 물론 실패했을 경우 나에게 다가올 후폭풍은 수위가 다르겠지만 말이다. 우리는 그렇게 공범이 되어가고 있고 결국 내가 세상을 바꿀 수 없다는 사실 하나를 아이러니하게도 더 높은 자리에서 깨닫게 된다.

생존을 위한
아무 말 대잔치

이게 다야?

회사에는 두 부류의 꼰대가 있다고 한다. 너무 나대거나 너무
나대지 않거나. 결국 다 꼰대가 된다는 말이다. 너무 과하면
책임지지 못할 말을 잔뜩 늘어놓아 일하는 사람을 힘들게 하
는 일만 벌리는 사람이 되고, 너무 나대지 않는 경우 조직의
이해관계를 외부에 제대로 보여주지 못하고 지금 손에 쥔 것
만 지키려 하다가 팀원들까지 고리타분한 사람들로 만들어버
린다. '적당히'라는 표현이 잘 어울리기 힘든 아슬아슬한 태도
를 유지하는 게 낀대들이 꼰대가 되지 않는 방법 같다.

회사는 기본적으로 말을 잘하는 사람을 좋아한다. 계속 사업만 할 수는 없으니 새로운 사업 기회를 만드는 사람을 많은 먹거리를 만들어낼 사람으로 생각한다. 하지만 불행히도 듣는 것만으로는 그게 사업성이 있는지 없는지 알 수 없다. 몇 년 전 이미 안 되는 것으로 검증된 비즈니스 모델을 다시 가져와도 회사 내부에 이에 대해 아는 사람이 없으면 좋은 소리로 들리기 마련이다.

다들 제안한 것을 시도해보려고 하지만 이미 다른 데서 실패한 것을 그대로 적용해 좋지 않은 결과가 나오는 동안 말 잘하는 사람은 다른 곳에서 또 다른 말을 시작하고 있다. 지나간 자리에 풀 한 포기 자라지 않는 사람. 이 사람이 한 말을 주워담은 사람들이 나가떨어지면 그 사람이 실력이 없었다는 말로 자신의 생각을 정당화한다. 말 잘하는 꼰대가 회사 생활을 이어가는 방법이다.

물론 사람은 누구나 실수할 수 있다. 강한 확신이 꼭 성공하리라는 보장이 있는 것은 아니니까. 십분 이런 사람의 아이디어를 받아들일 수 있다. 과거에는 실패했지만 지금 모든 조건이 다 똑같은 건 아니지 않은가. 해볼 수도 있다. 하지만 터무니없는 망상에 빠져 시작부터 보고서를 위한 계획으로 치우치는 것이 문제다. 마치 4인용 텐트에서 10명이 자야 하니까 현재 텐트 천에 10인용짜리 폴대를 끼우면 된다고 말하는 사람처럼 말이다. 억지로 10명이 자는 텐트를 만들다 텐트 천이 찢어져야 문제가 무엇인지 알게 되는 일이다.

"이 정도면 3년 안에 200억 원 정도의 매출이 발생하고…"
"아니야. 1,000억 원으로 1년 안에 할 수 있는 걸로 가져와."

이런 부류의 꼰대가 권력을 차지하면 허풍을 넘어 그 허풍을 주입시키려 한다. 몇 번은 현실적으로 조금 더 수정한다. 정말 일을 할 생각으로 공급망을 이상적인 수준까지 늘리고 가격을 살짝 조정해 매출을 만든다. 진행하게 되면 턱까지 숨이 찰 정도로 말이다.

하지만 이렇게 몇 번 사업 계획을 이야기하다가 깨닫는다. 이 정도 수정으로는 말이 안 통하는 사람이 존재한다는 것을. 꼰대는 마치 직원들의 역량을 높이고 사업 아이디어를 제시한다는 명분으로, 자신은 공상에 빠져 있으면서 책임지지 못할 것을 가져오라고 하는 사람이다. 전형적으로 역량과 자원의 개념이 없는 사람이다. 역량을 구축한 적이 없고 남이 만든 역량을 빼서 써보기만 한 사람 말이다.

낀대는 현실과 공상 사이에서 갈등하게 된다. 회사 생활의 생명 연장을 위해서는 결국 공상에 한 발 담그겠지만 적어도 영혼을 팔기는 싫다. 나중에 일을 추진하는 게 낀대 자신이나 우리 팀이 될 테니까.

어느 날 저녁 야근을 하다가 0 하나를 뒤에 더 붙임으로써 몇 년 뒤 실적 계획을 뻥튀기했다. 찜찜했지만 집에는 가야 하니까. 다음 날 이런 사실을 모르는 꼰대들 앞에서 자신 있게 논리를 설명해나갔다. 신기하게도 꼰대는 어떻게 할 것인지보다는 지난 번과 달라진 스케일에 우선 만족했다.

"이렇게 가져와야지. 이제 정신 좀 차렸네."

보고의 세계. 꼰대가 그 위 꼰대에게 마우스 클릭 한 번 없이 보고서를 그대로 올리는 세계. 누가 언제 그걸 할 건지에 대한 일말의 배려도 없다. 비용은 줄이고 가격은 더 낮추면서 이 목표를 향해 쪼는 모드로 지내온 지 몇 년. 이런 아무 말 대잔치가 젊은 꼰대를 통해 확대 재생산되고 있다. 사업과 상관없이 회사 내에서 어떻게 하면 인정받을지만 생각하고, 그런 패턴을 자기 것으로 만드는 '젊꼰'은 기회가 왔을 때 중요한 회사 내 사업들을 뜬 구름 위에서 시원하게 말아먹은 후에야 겨우 그 실체가 밝혀진다.

나는 꼰대가 되지 않을 수 있을까. 높은 자리로 올라갈수록 현실을 넘어선 아이디어에 대한 요구가 크다. 기본적인 것도 제대로 못하는 회사에서 현실을 넘어선 아이디어라니. 그렇게 할 수도 없는 구조인데 매년 새로운 사람들의 아이디어를 짜내 하루에 두 번만 맞아떨어지는 고장 난 시계처럼 요행을 바라고 있는 것 같다.

철갑을 두른 듯

실무자들을 근거 없는 허풍으로 힘들게 하는 것만이 꼰대의 패턴은 아니다. 정 반대편에 또 다른 꼰대가 있다. 마치 블랙홀이 있으면 우주 어딘가 화이트홀이 존재하는 것처럼 전혀 다른 타입의 꼰대가 회사 내에 함께 살고 있다. 남산 위에 저 소나무 철갑을 두른 듯… 늘 방어적으로 그 자리에 굳건하게 있는 꼰대.

때로는 진취적인 리더로 보이고 싶어 하지만 정작 의사결정이 필요한 순간 다 썹어버리고, 투자나 사람이 필요할 때는 몇 달간 보고도 하지 않는다. 새로운 서비스나 방법을 쓰자고 하면 몸서리를 치면서 반대한다. 이러면 사업 아이디어는커녕 현상 유지도 힘들어 보이지만 사정을 모르는 사람들은 되려 신사적이고 점잖은 사람이라고 칭찬한다. 같은 팀에 있는 사람만 숨넘어가는 상황이 되는 것이다.

요즘 대학을 졸업한 신입 사원들은 꿈도 많고 기술적으로도 선배들보다 더 뛰어난 사람들이 많다. 매년 더 좋은 스펙의 신입 사원들이 입사하면서 회사도 바뀔 거라 생각했다. 하지만 도처에 도사리고 있는 철갑을 두른 꼰대들은 이들의 생기를 다 말려버린다.

"안 돼요. 그렇게 하면 나중에 관리가 어려워요."
"음… 꼭 새로운 방법이 좋은 건 아니에요."

이런 멋진 말 속에는 나는 잘 모르고 알고 싶지도 않으니 네가 생각하는 자율적이고 진취적인 생각을 절대 받아들이지 않을 거라는 속내가 깔려 있다. 더 뭔가를 해보려다 기존 것도 잘못되면 책임은 내가 져야 한다. 새로운 시도는 마치 빚으로 주식 투자를 하는 것과 같으니 그저 과거에 돌아가던 것을 심도 있게 보자는 생각. 방어적인 생각은 조직을 침울하게 만든다. 똑똑한 사람들이 다른 회사로 계속 이직하고 있는데 위에서는 단순한 문화 차이, 성격 차이로 본다.

"거 신입들 정서 관리 좀 해. 다 나가잖아. 우리 때랑은 다르니까…"

코드가 잘 맞는 철갑을 두른 꼰대 상사가 이렇게 말해도 서로 정말 뭐가 문제인지 모른다. 나도 너와 같이 신입 사원을 이해하지는 못하지만 시늉이라도 해보라는 듯한 말로 들린다. 방어와 수성이 문제라고는 생각하지 않는다. 예전에 함께 실무를 했을 때는 잘하던 후배가 아직도 그것만 붙잡고 있는 꼰대가 되어버린 줄은 알지 못한다.

물론 이런 꼰대 유형도 이해는 된다. 회사가 뭔가 새로운 걸 한다고 박수 쳐주기보다는 실패에 더 많은 책임을 물으니 현실적으로 과거의 것에 더 목숨을 걸 수밖에 없다. 당장 단기 재무 실적으로 평가를 받는 마당에 새로운 것을 도입하기는 호사스러운 사치에 가깝다는 생각이 들 수밖에 없을 것이다. 이러한 꼰대를 만든 것은 꼰대 스스로의 의지도 있었겠지만 결국 회사 문화가 판을 깔아준 덕분이기도 하다.

회사의 판이 눈에 보이면 나도 고민이 된다. 어차피 새로운 것을 해도 과정을 물어보는 사람이 없기 때문이다. 그저 과거의 실적만 묻고 방법에 대해서는 알지도, 알고 싶어 하지도 않으니 동기부여가 안 될 수밖에 없지 않은가. 그렇게 이해하고 눈 감고 귀 닫으면서 '실수만 하지 말자'라는 생각으로 하루하루를 보내면 어느 날 꿈 있고 실력 있는 후배들은 다 사라질 테고.

그럼에도 불구하고 후배는 어차피 회사에서 계속 뽑아줄 거니까 내가 살아남을 수 있다면야 이렇게 사는 것도 티 안 나고 문제가 없다는 계산이 서게 되면, 나도 철갑을 몸에 두르고 오늘을 어제처럼 반복된 하루를 살고 있겠지. 회의에 들어가서 아무런 아이디어도 내놓지 않고 가만히 앉아 고개를 끄덕이다가 생각이 깊은 사람처럼 샤프하게 현실을 보라는 취지로 수성을 하면 이미지에 별 타격도 없을 테고 말이다.

선택은 순간의 문제다. 끼인 연차가 되었을 때 선택의 상황은 과거보다 더 자주, 더 많이 찾아온다. 백 번의 선택 중 몇 번만 눈을 감고 꼰대의 패턴을 선택하면 누가 알아주지도 않을 일 잘하는 것과 상관없이 나도 좀 편하게 일할 수 있을 것이다. 사회적으로 직무의 전문가가 되기보다는 회사를 오래 다닐 방법을 찾는 회사 사람이 되어있겠지.

골디락스를 위한 장치

어떻게 하면 아무 말도 하지 않으면서 방어막을 쌓고 곰처럼 웅크린 사람도 되지 않을 수 있을까. 전혀 다른 두 부류의 꼰대들과 살아가면서 이 태도의 중간 지점을 찾는 것이 무척이나 어려웠다.

매일 장치를 만들었다. 새로운 방법론과 기술을 내가 먼저 배워 팀원들에게 알려주는 시간을 한 달에 한 번은 갖자고 정하고 1년 가까이 해본 적도 있다. 또 다이어리에 당장 결정해야 할 것들을 적은 다음 체크해가면서 결정을 놓치는 상황을 피해보려고도 했다. 과거의 작업을 반복하는 것보다 새로운 시도를 더 높이 평가해야 한다고 건의하면서 틈을 만들어보기도 했다. 무엇보다 젊은 친구들의 생각을 듣고 반영할 수 있도록 하려고 노력했다.

할 수 있는 범위 안에서 과거의 당연한 것들과 싸우고 싶었다. 하지만 함께 싸워주는 사람이 없으면 얼마 안 가서 '무얼 위해 이 고생을 하나' 싶기도 했다. 허황된 말을 하지 않으려면 숫자와 실무를 연결시켜야 했다. 실제 시장 규모가 어떻게 되는지, 이렇게 하면 이익이 발생하는 구조인지, 매출이 늘어난다는 확실한 근거가 있는 것인지에 대해 모르면 그건 검증할 수 없는 아이디어, 즉 소설에 불과했다. 새로운 것을 적용하면서 현실의 숫자를 함께 찾는 과정은 스스로 야근을 부르는 격이었다. 하지만 적어도 담당 분야의 매출과 이익을 만들고 예측하는 구조는 일을 해본 사람으로서 갖고 있어야 할 예의 같은 것이었다.

하지만 계속 해낼 자신이 없다. 체력은 고갈되고 시간에 쫓기고. 그렇다고 해온 것에 대한 회사의 인정은 소박하기만 하다. 언제까지 나 잘난 맛에 이렇게 하며 살 수 있을까. 결국 부딪히고 밉보이는 장면들이 계속될 텐데 말이다. 기껏 함께 일해 온 후배들이 더 좋은 조건의 다른 직장으로 이직하는 걸 보면서 더 그런 생각이 들기도 한다. 나는 아직 정답을 찾지 못한 것 같다.

상사가 싫은 게 아니라
회사가 싫을 수도 있잖아

대부분이지만 100%는 아닌 것

지난 반 년간 팀원이 절반 이상 퇴사한 팀이 주변에 있다. 이 정도로 팀원이 자주 그만두면 주변에서 수군거리기 마련이다. 팀장이 어땠으면 팀원이 이렇게 짧은 시간에 우르르 그만두냐는 것이다. 비슷한 연차인 내가 봤을 때도 그 팀장은 특유의 성격이 있다. 다소 철갑을 두른 듯한 성격. 그러나 그 정도 성격은 누구에게나 있을 법한, 유난히 모난 것까지는 아니었다. 주변 사람들이 사소한 것에서 퇴사 이유를 찾을 때 우리가 놓치는 것이 하나 있다.

'상사가 싫은 게 아니라 회사가 싫어서'

거악(巨惡)은 눈에 잘 보이지 않는다. 너무 커서 정말 뭐가 잘
못되었는지 뿌리를 찾기 어렵다. 우리가 졸업할 때는 각광받
았던 산업 중에 지금은 채용도 안 하는 회사가 부지기수다.
업황이 안 좋으면 더 나아 보이는 산업으로 이직하는 것이 인
간의 본능이다. 아직 이 회사에 다니는 사람에게는 그런 게
중요하지 않을 수도 있겠지만 누군가는 그걸 신경 쓰고 회사
를 떠나기도 한다.

물론 그 팀에서 퇴사한 여럿이 모두 회사가 싫어서 떠난 것만
은 아닐 것이다. 이직할 때는 전 직장이 싫은 이유가 백만 가
지도 넘는다고 하지 않나. 심지어 걸어 다닐 때마다 싫은 이
유를 생각해낼 수도 있다. 그럼에도 불구하고 팀원을 단기간
에 잃은 팀장은 어쩌면 실체보다 더 가혹한 평가를 받고 있는
것만 같다.

취업 사이트 조사 결과, 이직의 이유 중 1위가 인간관계의 갈
등이라고 몇 년간 계속 발표된 적이 있다. 실제로 사람 한 번
잘못 걸리면 그만큼 단 시간에 세상이 달라보이는 것도 없다.
하지만 이 말이 진리처럼 느껴진다. 회사 자체가 싫은 것은
꼰대의 탓도 있겠지만 그 이상의 구조적인 내용일 때가 많다.

"이번에 팀장을 내려놓으라고 하던데."

담담하게 말을 이어가던 옆 팀장은 이 대목에서 잠시 말 길을 잃어버렸다. 회사에서 팀장이 아니면 할 일이 없는 것은 아니지만 전통적으로 팀장이 아니면 딱히 더 올라갈 비전도 보이지 않는 게 현실이기도 하다. 성과 부진 같은 이유로 팀장을 그만두어야 하는 상황이라면 두말없이 내려놓을 성격이지만 이번에 우르르 팀원이 그만둔 이유를 리더십 한 단어로만 평가하기에는 다소 억울한 게 사실이다.

누구보다 또렷한 인상으로 남아있는 그 팀의 몇몇은 사실 시작부터 이 회사와 맞지 않아 보였다. 취업이 어느 때보다 어려운 시기에 전임 책임자는 자기가 생각한 인재상으로 신입 사원들을 뽑았고 개성 넘치고 호기심 강했던 이들을 잘 챙겨주었다. 보수적인 문화의 회사에서 그렇게 다소 진보적인 책임자는 신입 사원들의 필요를 해결해줄 만한 사람이었다.

하지만 채용을 한 책임자는 새로운 회사로 기회를 찾아서 떠났고 이들을 품어줄 수 있는 정서적 코드가 맞는 상사는 회사에 남아있지 않았다. 비교적 내성적이고 철갑을 두른 일처리로 정평이 나 있던 이 팀장은 그 사이 어디쯤에서 이 팀을 맡게 되었고 진취적인 성격의 이들과는 필연적으로 맞지 않았다. 각자 다른 팀이었으면 서로 좋은 선후배로 지낼 수도 있는 사이였을 텐데 회사의 인사는 그런 것까지는 전혀 신경 쓰지 않았다.

"어차피 회사에서 안 들어줄 건데 뭐."
"이거 한다고 누가 알아주지도 않잖아요."

몇몇이 그만두기 전에 입에 달고 살았던 말들이다. 정답으로 팩폭을 가하는 이들에게 팀장은 내세울 말도 달랠 카드도 애초에 갖고 있지 않았다. 팀장이 할 수 있는 영역은 제한적이다. 어쩌면 그저 맡고 있는 것일지도 모르겠다. 꼰대 선배들도 그만두는 후배들이 처음에는 신경 쓰였을 것이다. 지금의 우리처럼 '나는 여기 남아 있어도 되는 건가' 하고 퇴근길에 집으로 돌아가면서 많은 생각을 했겠지.

그러다 지금처럼 하나둘 떠날수록 이런 상황에 둔감해지고 누구의 입장보다는 회사의 입장과 자신의 상황에 더 민감해지면서 감정의 스위치를 껐을 것이다. 지금 우리 팀장들을 볼 때도 감정의 스위치는 꺼져 있다. 맥락에 대한 이해보다는 팀원이 많이 나갔으니 팀장을 그만두라는 것이다.

루시퍼의 변명

꼰대가 되어가는 과정에서 이렇게 놓아버리는 것이 한둘이 아니다. 왜 회사에는 사람을 이해하는 관리자보다 사람의 감정 따위는 생각하지도 않는 관리자가 더 많을까. 사람에 예민한 사람은 관리자가 못 되었거나 중간에 나가떨어졌을 것이라는 결론에 이르렀다. 조직이 더 커질수록 그런 이해관계 하나하나에 신경 쓰면서 일을 할 수는 없을 테니 일만 눈앞에 있고 사람은 어느 순간 구상에서 지워진 채 그냥 '쓰다 버리는 존재'로 남게 되지는 않았을까.

갓 태어난 아이가 한동안 아팠다. 수술을 해야 할 정도로 어려운 상황이었다. 수술을 하기 위해 회사를 얼마간 쉬어야 했기에 주변에 이 사실을 알렸다. 물론 당시 상사에게도 어렵게 말을 꺼냈다. 갑자기 평소와는 다르게 인간적인 모습을 보여주며 걱정해주는 듯했다. 하지만 단조로운 반응. 그가 노력하고 있다는 것에 그냥 내가 고마워해야 하는 상황 같이 되어버렸다.

"그런 줄 몰랐어. 오늘부터 수술일까지 한 달 정도 남은 것 같은데 일찍 들어가서 위로도 좀 하고…"

꼰대 중의 꼰대에게서 이런 이야기를 듣고는 한동안 인간성이란 게 남아있을 거라고 생각했다. 하지만 일찍 들어가라는 말의 유효기간은 일주일 정도였다. 위에서 내려오는 급한 일, 다급하게 해야 하는 생명 연장의 업무 앞에서 인간적인 모습은 사라져버렸다. 집에 아예 못 들어가는 날도 있었고 예전보다 더 가혹한 야근이 기다리고 있었다. 절박할 때 진심이 나온다. 진실의 순간. 진정한 꼰대는 이 시간 드러난다.

"일이 많으니까 이번만 예외라고 생각해줘라."
"맞다, 수술이 있었지."

이런 말이 반복되면 그건 실수나 예외적인 상황이 아니다. 잠깐 상황을 모면하기 위해 공감하는 척했던 게 탄로났을 뿐이지. '라떼는~'을 소환하면서 예전에 누구 부려 먹은 이야기를 재미있다고 하는 사람에게 처음부터 진심은 없었던 것이다. 팀장이 되고 나는 바빠지지 말아야지, 나는 절박해지지 말아야지 생각하면서 살아왔다. 내가 겪었던 기억을 회상하면서 말이다. 변명하기 시작하면 얼마든지 반복해서 할 수 있으니까. 회사가 아닌 내가 싫어서 떠나는 일은 없었으면 하니까.

거악 앞에 답을 찾지 못한 끼대들
사실 끼대들은 거악에 동조할지 여전히 고민 중이다. 더 오래 일할 수 있는 경제적인 기대치를 조금이라도 더 높일지, 현실적인 상황을 말하며 다소 각을 세우더라도 회사가 나아가야 할 바를 위에 이야기할지 사람마다 상황마다 눈치를 본다. 낀대들이 입을 닫고 귀를 막으면 현실적으로 경영진이 회사를 그만두는 직원의 속마음을 미리 알기는 어렵다. 거악을 유지시키는 데 낀대들이 한몫하는 것이다.

물론 할 수 있는 역할은 제한적이다. 이직하기 싫을 정도로 갑자기 회사를 경쟁력 있게 만들 수도 없으며 급여 체계를 뜯어 고칠 능력도 없다. 하지만 계속 팀원이 나가면 나만 손해다. 그래서 아예 그만둘 것 같은 직원들을 팀에 받지 않는다. 조금 튀거나 호기심이 많은 친구는 같은 팀으로 일하려고 하지 않는다. 회사가 싫다고 말하는 직원에게 대안을 줄 생각을 하지 않는 팀장이 적지 않은 것이다.

"처음부터 몇 년 일하고 다른 회사 갈 친구들이었어요."
"성격이 안 맞았던 거예요."

팀원이 우르르 그만둔 팀장이 했던 말들. 팀장은 정말 책임이 전혀 없었을까. 철갑을 두른 팀장은 입 닫고 귀 막으면서 다른 팀장들이 위기를 알아차렸을 때도 흘러갈 일 정도로 생각했었다. 어차피 그만둘 친구라고 생각해도 회사에 불만이 생

겼거나 어려운 일이 있으면 위에 이야기해 거악을 허물 생각을 했었어야 했다. 그게 낀대의 역할이니까.

처음에는 누가 싫어서라기보다는 이렇게 사는 게 나랑 맞지 않아서 회사를 그만둘 생각을 하기도 한다. 나도 첫 직장에서는 그랬으니까. 하지만 따뜻한 태도의 동료들이 도와줄 수 있다. 회사가 싫어도 때로는 사람에 의지해 얼마간 더 다니기도 한다. 정말 회사가 싫어서 나가는 것일까. 나갈 때까지도 차마 말하기 싫어서, 이런 것으로 말 섞는 피로가 싫어서 마지막 자리에서까지 말하지 않은 것은 아닐까.

사실
친해지는 방법을 몰라

감각 실종

연애를 오랫동안 하지 않으면 연애 세포가 실종된다고 한다. 사람을 만나는 건 좋아하지만 표현하는 방법이 자기 자신에게 국한된 사람이 되면서 말이다. 아주 어린 나이 때는 좋아하는 친구가 있으면 오히려 더 추근대는 친구도 있었는데 대부분 표현하는 방법을 모르고 자기 안에 갇혀 있을 때 부작용을 일으켰던 것 같다.

회사에서 사람을 매일 만나는데 사람과 어울리는 감각을 잃어버릴 수 있을까. 그럴 수 있다고 생각한다. 사람을 사람으로 보지 않기 시작하면서 앞에 있는 사람은 더 이상 하나의 인격체가 아닌 것이다. 많은 꼰대들은 오랜 기간 연애를 하지 않은 사람이 연애 세포를 잃어버리듯 사람과 어울리는 감각 자체를 잃었다. 어떻게 사람과 친해지며 누가 뭘 좋아하는지 소통하는 방법을 아예 모르고 있다. 물론 이들이 처음부터 그랬던 것은 아니다. 어느 순간부터였지.

한때 내 상사는 정말 블랙 기업 최고 난이도의 꼰대였다. 책에 담기에도 너무 극단적인 사례가 많아 쓸 수 없지만 어쨌든 이 사람은 이중적인 면모를 갖고 있었다. 직접적으로 부딪히지 않는 사람에게는 친절한 말투로 조곤조곤 이야기를 풀어나가는 신사였다. 하지만 매일 같이 마주하고 일하는 사람에게는 앞뒤가 맞지 않는 주장을 펴거나 모든 일을 자기 취향대로 하고자 억지부리는 덩치만 큰 애였다. 이런 사람은 같이 일할 때 그 진가가 드러난다. 남들이 알지 못하는 꼰대력이 대단한 인물이었다.

개인 심부름을 업무 시간에 시킨다든지 회삿돈으로 숙식을 해결하는 짓은 그나마 나은 편이었다. 회의를 한다고 다 모아 놓고 시간의 90%를 개인 가정사 이야기에 쏟거나 차를 대접한다면서 다기를 씻어오라고 하는 등 능력을 의심케 하는 일을 자주했다. 밥 먹다가 자기가 원하는 반찬을 채워놓지 않는다고 식당 주인과도 종종 마찰을 일으켰다. 어떻게 저 자리까지 가서 저러고 살 수 있을까 하는 생각을 수백 번도 더 하게 만든 타고난 인물이었다.

하지만 이 꼰대도 처음부터 이렇지는 않았다고 한다. 아주 옛날부터 이 꼰대와 함께 회사 생활을 해왔던 인자한 성격의 상사와 차를 타고 가면서 과거 이야기를 들은 적이 있었다.

"그래도 예전에는 그렇지 않았어. 예전에도 말은 많았는데 주변을 재밌게 해주고 어떤 말을 해야 하는지 아는 사람이었거든. 사람들에게 용기 주는 말도 하고 호탕하고 그랬는데…"
"지금과는 전혀 다른데요."
"그치. 어느 날부터 승승장구하더라고. 몇 년 안에 승진이 계속되면서 지금의 자리까지 올랐는데 몇 년 다른 조직에 갔다 오고 나서 보니 사람이 저렇게 되어 있었어. 눈빛이 다르던데. 어떻게 그렇게 되었나 몰라."

이런 이야기를 들은 적이 몇 번 있었다. 바로 위만 바라보다가 빠른 시간에 성공하고 그 위를 향해 회사 생활을 하는 사람. 그런 사람들은 조기 승진에, 책임 있는 일을 맡으면서 그런 성향이 더욱 가속화된다. 자기가 하는 행동과 말투의 디테

158

158

일을 스스로가 알지 못하는 상황이 되면서 말이다.

우리 팀은 어떤 생각을 할까

여름 휴가 직전 다른 상사와 조직에 대한 이야기를 오랜 시간 한 적이 있었다. 내가 체험한 우리 회사는 상당히 경쟁적인 문화를 가진 조직이었다. 올라갈 수 있는 몇 개의 자리 외에는 도태되는 것으로 그동안의 선배들 사례를 보며 다들 몇 개의 자리를 두고 정치와 경쟁이 난무하는 조직이었다. 그런 까닭에 모이는 자리에서 겉으로는 웃고 있지만 자리를 나와 코너만 돌면 혼잣말을 많이 하는 사람, 자리로 돌아와 팀에서 수군거리는 사람이 참 많았던 것 같다.

무리수로 결국 사고가 터지고 협력보다는 항의와 견제가 많았다. 사람을 서로 빼가기도 하고 어떤 생각을 갖고 있는지 미리 파악해 상대의 기를 눌러버리기도 했다. 물론 내 상사도 그런 사람이다. 그런 걸 잘해서 더 높은 자리에 올라갔다. 나는 그가 이런 조직 문화를 당연히 알고 있을 것이라고 생각했다. 본인이 그런 사람이었으니까 누구보다 잘 알고 있지 않을까 생각했다.

"사람들이 왜 나한테 충고나 싫은 소리를 안 하는지 모르겠어. 혹시 알고 있나?"

꼰대가 가끔 정신을 차리면 하는 이야기. 뭔가 잘못 돌아가고 있다는 것은 아는데 실마리를 전혀 찾지 못할 때 하는 말. 당시 조직은 서로 협업이 안 되고 상당히 경직된 문화를 갖고 있었다. 중요한 것은 협업을 통해 시너지를 내야 하는데 조직마다 너무 특징이 강하고 내 몫만 챙기면 그만이라는 생각 때문에 신규 사업을 만들 수가 없었다.

나는 사실대로 말해줘야 하나 한참을 생각했다. 사실대로 말하면 내가 얻을 수 있는 건 잃는 것보다 더 큰 것인가. 고민이 많았지만 용기내어 몇 마디 했다. 서로 경쟁하고 있는 상황에서 싫은 소리를 누가 할 수 있겠냐며 조금 더 너그러워지고 사람에 대한 평가를 자제해달라고 정말 큰맘 먹고 질러버렸다. 그리고 정적. 여름 휴가를 앞둔 오후 회사 앞 카페에는 사람이 별로 없었다. 무거운 공기가 흐르는 카페. 나는 조금 뒤에 나올 이야기가 적어도 내 의견에 대한 다른 생각이거나, 혹은 자신을 돌아보고 난 소회 정도는 있을 줄 알았다.

"나는 왜 몰랐지. 서로 경쟁하는 줄 몰랐네."

이런 말로 시작해 끝까지 내가 잘못했다든지 네가 오해하고 있다는 뉘앙스의 말은 전혀 없었다. 오직 팀장들이 서로 경쟁하고 있다는 사실만 깊이 받아들이고 그것에 대해서만 이야기하고 있었다. 대화를 나누고 있는 사람 둘은 현상에 아무런 책임이나 연관관계가 없는 것처럼 말이다. 첫 번째 상사와 방금 이 상사는 다른 사람이었지만 사람을 바라보고 나를 돌아보는 시각은 상당히 닮아 있었다.

외롭다… 그게 원인인 걸까

아주 옛날에는 같이 농구도 하고 농구가 끝나면 고기도 구워 먹는 사이의 상사가 있었다. 이 장에 나오는 세 번째 사람으로 셋은 다 다른 인물이다. 이 사람은 앞선 둘보다 능력이 나았다. 그래서 더 큰 역할을 조직에서 맡게 되었다. 그러면서 자연스럽게 나와 만날 시간도 사라졌다. 바쁘니까. 아직은 여유가 있던 시절 회사 모임을 마치고 돌아오는 길에, 최근 사람들이 슬슬 꼰대라고 부르기 시작한다며 그렇게 되어가는 자신이 싫다는 고민을 듣게 되었다.

"그런데… ○○아. 이 자리에 있으면 외롭다. 말할 사람이 없어. 너도 네 상사한테 잘해라. 외로울 거야."

어느 순간부터 쉽게 입이 떨어지지 않는 일이 생긴다. 최근의 나도 그렇다. 너무 회사를 비판하면 비전을 제시하지 못한다는 이야기를 들을 것 같고 또 상대적으로 보안으로 여기는 이야기도 많다. 결정도 혼자, 보고도 혼자 해야 하는 일도 늘어난다. 관리자가 될수록 외로워진다는 것을 꼰대가 되면서 알게 되었다. 지금은 꼰대가 된 그 선배도 외로움이 스스로를 꼰대로 만드는 것임을 그때 알았을 것이다.

그래서 시간이 나면 외로워 보이는 상사에게 가서 말벗이라도 하려고 한다. 너무 꼰대가 되기 전에. 회사를 꼭 여기만 다녀야 한다는 생각이 없기에 비교적 자유롭게 이야기할 수 있었다. 그렇게 밥 먹고 커피 마시면서 솔직한 고민을 털어놓고 비교적 객관적인 시각에서 할 수 있는 말들을 해준다. 물론 정답이 있는 문제는 아니지만 혼자 고민하면서 자연스럽게 주변 사람들과 어울리는 법을 잊어버리게 되고 고집만 생겨나는 소시오패스가 되지 않기 위해.

꼰대를 두둔하고 싶지는 않다. 그건 너무 꼰대 같으니까. 그렇지만 꼰대가 느꼈을 외로움은 처음 이런 상황을 접하는 사람들에게 크게 다가온다. 회사가 언제까지나 즐겁고 나눌 수 있는 공간이 아니라 다 함께 앉아 있어도 밀실 같은 느낌을 주니까. 언제까지 이 회사에 다닐 수 있을지 모르는 나이가 되면서 위에서는 점점 더 어려운 주제를 던져준다. 부담은 늘어나는데 터놓을 수가 없다. 옆 팀은 다른 팀이라 이야기할 시간도 별로 없다. 그러면서 시간은 가고 작은 조직이라도 책임을 져야 하는 자리에 있으면 결국 내 안의 소리로 빠져들어 간다. 직장 생활에 위기가 닥친 것이다.

긴대들은 결코 꼰대가 되고 싶지 않다. 하지만 외롭다. 모든 정상적인 세포를 잃어버리기 전에, 나와 주변을 분리해서 사고하기 전에 더 잘 버틸 수 있도록 주변에서 말을 걸어주면 좋겠다. 회사에서 다시 꼰대의 보석을 이마에 박고 정신줄을 놓아버리기 전에 말이다. 우리들은 조금 더 솔직하고 열린 조직을 맞이할 필요가 있다.

끼인 세대의 역할에 대한 성찰

편의점 도시락을
점심으로 먹었다

점심 먹는 게 어려워질 줄이야

오랜만에 라떼 한 잔 꺼내자면, 사회 생활을 하면서 가장 처음 한 일로 기억에 남는 것은 점심 시간에 부서 식사를 따라갔다가 번개처럼 수저 세팅을 하고 물 떠놓고 김치까지 빠르게 잘라서 플레이팅 해놓은 것이다. 선배가 하지 말라고 해도 바로 위 선배가 하고 있으니 안 할 수가 없었다. 나중에 들은 이야기지만 초반의 번개 같은 수저 세팅 스피드에 많은 선배들은 일 잘할 것 같다고 생각했다고 한다. 물론 이것도 라떼지만.

점심 약속을 잡는 게 눈치가 보였다. 당연히 점심은 팀이랑 먹는 것이고 동기나 지인이 불러서 밥을 먹는 일은 사전 결제처럼 미리 말해야 할 정도로 은근히 눈치 보이는 일이었다. 서로가 서로의 밥메이트를 잃지 않기 위해 밥피아를 하고 있었다. 물론 어디로 밥이 넘어가는지 모를 식사도 많았지만 적어도 점심 시간에 누구와 밥 먹어야 하는지 고민하는 일은 머릿속에 없었다.

그런데 어느 날 지구가 네모가 된 듯 밥을 누구와 먹어야 할지 고민하는 때가 오고 말았다. 그것도 내가 팀장이 될 때쯤. 우리 회사 점심 시간의 풍경은 다소 특이하다. 일단 밥 먹는 사람 자체가 거의 없다. 밤새 해외 축구를 보거나 게임으로 달렸거나 거나하게 한 잔 걸친 후배들은 어디론가 사라지거나 책상에 엎드린다. 아예 밥을 먹지 않는 것이다. 처음에는 안쓰러운 마음에 밥을 몇 번 사주기도 했지만 서로 힘든 일을 왜 하고 있나 싶어서 그만두었다.

또 어떤 부류는 도시락을 싸온다. 요즘 핫하다는 다이어트 식단을 돌아가며 싸온다. 내가 낄 자리가 아닌 것이다. 밥심으로 살아가는 낀대에게 무슨 콩, 무슨 비법 식단은 뒤돌아서면 현기증 나는 배고픔을 선사한다. 그리고 얼마 남지 않은 부류 중에는 그냥 팀과 밥을 먹지 않기로 작정한 사람들도 있다.

처음부터 더 친한 밥 친구들과 먹겠다는 것이다. 인간의 권리인데 그걸 팀이라고 강제할 수는 없으니 이 부류도 패스한다. 그러면 정말 같이 먹을 사람이 없다.

대학 시절에도 가끔 점심 때 혼자 밥을 먹은 적은 있었다. 친한 친구가 휴학이나 취직했을 때, 혹은 마땅히 시간이 맞지 않을 때 혼자 이어폰을 꽂고 학교 식당에서 아무렇지도 않다는 듯 밥을 털어넣었던 기억. 한동안 그런 고민 없이 살았는데 지금은 팀을 초월해 나 같은 낀대 몇 명만 점심 시간 직전에 우두커니 사무실에 서 있다. 눈이 마주치면 동병상련의 마음으로 삼삼오오 모인다. 그리고 밥을 먹으러 함께 간다. 이마저도 없었다면 정말 눈물 났을 것이다.

가끔은 혼자 먹어야 한다. 정말 같이 먹을 사람이 없어서. 외근을 가고 출장을 가는 사람이 많은 날에는 오롯이 혼자 남기도 한다. 그럴 땐 편의점에서 샌드위치라도 사서 자리에 앉아 허기를 달랜다. 일단 먹어야 하니까. 그러던 어느 날 도시락을 싸오던 팀원과 함께 밥을 먹을 기회가 있었다. 편의점 샌드위치지만 혼자 사무실에서 밥을 먹고 있는 모습이 옛날 사람 감성에 짠해서 합석했다. 나의 이런 모습이 팀원 관리의 어디쯤에 있지 않을까 하는 작은 바람도 함께했었다.

그런데 뭐 아무렇지 않았다. 처음에는 샌드위치로 식사를 했다. 목에 잘 넘어가지는 않았다. 아침도 푸석한 것으로 먹는 마당에 점심도 푸석하니 목이 멘다. 딸기 우유가 없었다면 아마 한 조각도 제대로 못 먹었을 것이다. 그 와중에 너무 먹기만 하면 안 될 것 같으니 몇 마디 말을 걸어보기도 했다. 그러나 곧 이런 생각 자체가 끼대인 것을 알게 되었다.

밥을 혼자 먹든 안 먹든 그건 회사 업무와 별개다. 누구와 약속이 있든 없든 이후 며칠은 계속 함께 밥을 먹었다. 팀원 혼자 먹는 게 그런 마음이 들어서. 편의점 도시락을 먹으면서 좀 젊은 친구가 된 것 같은 기분이 들었다. 생각보다 편의점 도시락도 잘 나왔고 무엇보다 가성비가 뛰어났다. 회사 탕비실은 점심시간에 전자레인지 행렬도 대기를 타야 한다는 것을 그때 알게 되었다. 다 젊은 친구들이다. 물론 나도 젊지만 이걸 계속 먹으려니 며칠 지나 속이 부대꼈다. 왜 이걸 계속 먹고 있는 걸까.

꼰대는 싫고 좋은 선배는 되고 싶고

끼대들은 기본적으로 꼰대를 좋아하지 않는다. 일련의 동질적인 감정을 가질 수밖에 없지만 궁극적으로는 닮고 싶지 않다. 상하관계로 당하기도 했고 지금의 회사 위기와 정체는 꼰대 때문에 발생했다고 믿는다. 그러니 전문성을 갖춰 그들의 전철을 밟고 싶지 않은 게 아직 회사에 남아 있는 낀대들의 바람이다.

우리는 회사 생활을 하면서 새로운 단어들을 많이 들었다. 린 스타트업 같은 새로운 조직 문화 말이다. 불과 몇 년 사이에 세상은 많이 바뀌었고 우리는 뒤늦게 트렌드를 좇아 이 세상을 이해하고 우리 조직에 적용해볼 희망을 품고 살았다. 심지어 신입 사원들은 기본적으로 외국어뿐만 아니라 코딩도 조금씩은 할 줄 아는 친구들로 바뀌었다. 배우고 따라가지 않으면 정말 끼여서 제대로 된 능력을 인정받기가 어려운 상황이 되었다. 그래서 우리 팀원들이 무엇을 알고 있는지 무엇이 되고 싶은지 알아야 했다.

새로운 조직 문화는 꼰대들을 통해 우리를 감시하고 힘들게 하는 수단으로 변질되어 내려왔다. 우리는 좋은 선배도 되어야 했고 꼰대들을 이해시키면서 가보지 않은 길을 가려 애쓰는 사실상의 주역이 되어야 했다. 후배들을 이해하려 노력했다. 빠르고 능동적인 조직을 만들려면 내가 욕했던 선배들처럼 되지 말고 후배들을 이해하고 필요한 것을 제공하는 선배로 자리매김해야지 마음먹었다.

물론 우리는 요즘 친구들처럼 될 수 없다. 잘해주면 고맙다는 말이 나올 줄 알았고, 꼰대만큼은 아니어도 일을 하면서 실례되지 않는 선에서 인간적인 이야기도 나눌 수 있는 사이이기를 바랐다. 하지만 요즘 친구들의 생각은 또 달랐다. 일부러 시간을 내어 같이 편의점 도시락을 먹은 것이 고맙다는 말을 들을 것은 아니지만 선배가 노력하고 있구나 같은 비슷한 이야기도 듣지 못했다. 그 말 듣자고 같이 밥 먹은 것은 아니지만 뭔가 내가 꼰대가 되어버린 느낌이 들기도 했다. 후배들을 이해한다는 것도 너무 내 중심으로 생각한 것일까.

그렇지만 낀대들은 후배들을 이해하려는 노력을 멈출 수 없다. 그건 꼰대로 간다는 것을 선언하는 것이나 마찬가지다. 그래서 밥 먹는 것 정도에 큰 의미를 부여하지 않기로 했다. 과거에 신경 쓰이던 것에서 의도적으로 하나씩 신경을 꺼두기로 마음먹었다. 그러다 보니 일만 조금씩 남는 것 같은 기분이 든다. 직장에서 일하는 동료 그 이상의 것을 바라서는 안 된다는 생각이 들었다. 이직해서 떠나간 동료들을 뒤로 하고 나는 무슨 감정적 위로를 여기서 얻을 수 있을까.

연결하기와 버텨내기

직장 생활 10년을 넘기고 나니 모든 기준이 아득하다. 과거에 맞다고 생각했던 것들이 돌아보면 부끄러움으로 남는 것도 있고, 아니라고 생각했던 것들이 이제 보니 맞다는 생각이 들어 더 밀어붙이지 못한 것에 아쉬움이 남기도 한다. 직장에서 동료와 동료 사이의 관계는 이제 상사와 부하의 관계가 아니라 사실상 개인 사업자와 개인 사업자 사이의 관계처럼 되고 있다. 이직은 더 자유롭게 나눌 수 있는 주제가 되고 원클럽맨은 고인물로 받아들여지곤 한다. 때론 나도 사회에서 고인물로 비춰지는 것은 아닌가 하는 위기감도 느껴진다.

꼰대로 보이지 않기 위해 후배들에게 잘해주는 것이 무슨 의미가 있나 싶다. 어차피 일을 가르치면 자의 반 타의 반으로 그만둔다. 나 때문에 그만두는 사람도 있겠지만 회사나 산업에 대한 회의감으로 떠나는 친구들도 많다. 그만둘 때 고맙다며 함께 찍은 사진이 SNS에 올라오기도 하지만 정말 친한 동료에게는 함께 사진 찍은 그 상사가 정말 XXXX라고 말했다는 이야기도 들은 적이 있다. 세상은 점점 나 아니면 누구에게도 정을 줄 수 없는 곳으로 변해가는 것인가.

그럼에도 불구하고 낀대들은 연결하기와 버텨내기로 오늘을 살아간다. 조직의 허리인 우리의 역할은 꼰대와 신입 사원을 연결하는 것이다. 지긋지긋하지만 당장 대안이 없어 오랫동안 잘리지 않고 해야 하는 회사 생활이라는 역할을 하려면 연결해야 한다. 연결하지 않고 손 놓는 순간 꼰대도 우리에게 리더십이 없다며 화살을 날리고 사원들도 비전 없고 배울 게 없다며 손사래를 치겠지. 그래서 내가 가르쳐주는 업무 지식을 가지고 일 좀 시키려면 다른 곳으로 이직하든 아니면 밥 먹을 사람이 없든 간에 연결하기를 계속할 수밖에 없다. 그게 회사 생활을 버텨내면서 할 수 있는 현실적인 역할이니까.

편의점 도시락을 먹은 지 일주일 만에 그만두었다. 이건 내 방식일 뿐 그들 방식으로 그들에게 다가가는 것도 아니었다. 나는 내가 할 수 있는 방식으로 그들에게 계속 다가갈 방법을 찾아야 한다.

낀대들이 모여 점심을 먹으러 간다. 오늘은 어떤 맛있는 걸 먹을까 기대하는 마음이 크다. 밥을 먹고 힘을 낸다. 그리고 오후에도 친절하게 하나씩 팀원들에게 알려준다. 다른 직장에 가서도 써먹을 수 있는 기술 중심으로. 몇 개월 지난 지금 한 명도 회사를 그만두지 않았다. 물론 꼰대들도 내가 이러고 있는 줄 모른다. 낀대만의 리더십 훈련은 이제 시작이다.

내가 먹고 죽을게

아들을 키우면서

'언제까지 일할 수 있을까'라는 생각이 하루에도 수십 번 맴돌 때가 있다. 업무 하나를 마치자마자 틈나는 시간에 계속 일하는 것도 힘에 부치고 안 하자니 대안이 없는 삶에 갈증이 생긴다. 포부와 태도, 이런 것을 잊은 지는 오래. 이제 밥벌이 수단 이상의 동기부여를 찾기 어려워진 때가 아닐까. 그러다 보니 덜 피곤하게 사는 법을 생각하게 된다. 어떻게 하면 내가 덜 힘들면서 일하는데 부족함 없이 회사 생활을 할 수 있을까. '좋은 사람'이라는 말도 탐이 났지만 이제는 그런 것도 힘들고 노력한다고 해서 별로 남는 것도 없는 것 같아 '적만 만들지 말자'라는 최소한의 자세로 일하려고 한다. 성질도 죽일 때가 됐으니까.

내가 일하는 직장을 더 나은 세계로 만드는 꿈 같은 것은 사치. 퇴근이나 빨리 할 수 있으면 다행인 세상. 그러다 퇴근하고 집에 돌아와 현관 앞에 나와 있는 아들을 바라보면 마음 한 켠이 찡하다. 물론 아들이 회사원이 되길 바라는 부모가 몇이나 되겠냐마는 갈수록 취업하기 어려운 시기를 눈으로 보면서 직장이라도 다녀 1인분의 밥벌이라도 하길 바라는 마음이 크다.

적어도 아들이 다닐 직장은 그게 어디든 지금 우리 때보다는 더 나은 곳이 되어야 한다는 생각이 크다. 의미가 있다면 있고 없다면 얼마든지 없을 야근, 먹지 않을 자유마저 없었던 회식, 쉬고 싶어도 아픈 게 아니면 쉰다는 말을 하지도 못하는 분위기의 연차…. 이런 모습을 다음 세대가 겪게 된다면 너무 가슴 아픈 일일 것 같다. 지금의 이런 모습이 많이 바뀌고는 있지만 아직 보이지 않게 남아있는 직장 내 부조리들은 생각 외로 많다.

방어는 내 몫

코로나19 바이러스로 인해 세상은 근로자에게 조금 더 불리해진 것 같다. 물론 자영업자들의 수고에 비할 수는 없을 것이다. 그렇지만 생각지도 못한 상황에 주 3~4일 출근과 급여삭감을 강제로 받아들여야 하고 이마저 운이 나쁘면 몇 달간 무급 휴직을 하게 되는 상황. 물론 수요가 급감해서 일감이 없어진 것도 있다. 우리는 새로운 방식으로 여행을 하고 만나고 있으니까.

하지만 수요의 급감이 코로나19 이전에 쌓아둔 것 위에서 발화한 회사도 적지 않은 것 같다. 이미 쇠락해진 회사가 코로나19로 인해 그나마 있던 고객도 사라져버리니 이 모든 것을 코로나19 때문이라고 말하는 곳도 있다는 말이다. 여전히 새로운 세상에도 무능한 경영진은 있고 근로자는 그 아래에서 생계를 위해 살아야 한다. 더 나은 근무 환경에 대해서는 더 이상 입 밖으로 꺼내면 안 되는 금기어처럼 되어가고 있다. 부조리한 야근, 회식 같은 것을 뛰어넘어 부조리한 제도를 강요하고 규칙을 만들어 강제해야 하는 입장에 놓인 것이다.

코로나19가 터지고 몇 달간 재택 근무를 하면서 연차 사용을 강제하는 일이 있었다. 매일 코로나19 관련 뉴스 기사가 뜰 때마다 기업체에서 하지 말아야 하는 것으로 자주 언급되는 내용이었는데 회사 메신저나 구전을 통해 재택 기간에 며칠은 연차를 사용했으면 좋겠다는 지침이 내려왔다. 재택 근무도 근무인데 마치 눈에 안 보인다고 노는 것처럼 생각하는 게 너무 짜증났다. 재택이라는 환경 특성상 일과 삶이 더 구분되기 어려운 부분이 있다. 결과물이 명확하면 재택 근무는 효율을 높일 수 있지만 꼼짝없이 몇 주를 집안에 앉아있어야 하는 게 감사하면서도 힘든 일이었다.

그런데 이 와중에 며칠씩 연차를 강제로 쓰라는 것은 너무한 지침이라는 생각이 들었다. 왜 이런 이야기가 나온 것일까? 직원들이 며칠이라도 연차를 쓰면 연차 보상비를 주지 않아도 되기 때문일까? 아니면 정말 재택 기간을 근로자의 반 휴가 정도로 생각하는 걸까? 이런 생각에 미치자 평소 하는 일 없이 사람 만나서 쪼고 관리하던 꼰대가 막상 자기가 할 일이 사라졌으니 제안하는 생각일 것이라 확신했다. 혼자서 만들수 있는 가치가 없으니 집에 덩그러니 앉아 무력하다고 푸념하면서 직원들도 놀고 있다고 생각한 것이겠지.

이런 생각은 안 그래도 정신 사나운 현재를 살아가는데 도움이 되지 않았다. 그렇지만 끼인 세대로서 나는 이 지침을 '어떻게 우리 팀원들에게 전달해야 할까' 하는 더 어려운 상황에 직면했다. 이야기를 해야 할까? 나도 납득하기 어려운 이야기를 활자 그대로 팀원들에게 전달하는 것이 맞을까? 그렇다고 전달마저 하지 않으면 나중에 나는 어떻게 될까? 온갖 생각이 보이지 않는 사무실 이상으로 예측하기 어렵게 만들었다.

더 나쁜 직장은 후배들에게 주지 말아야지. 이것 하나만 생각하기에는 공포로 몰아넣고 있는 상황이 두려웠다. 하지만 있는 그대로 털어놓는 것이 가장 좋겠다는 생각을 했다. 위에서 회사 상황을 이렇게 생각하고 이런 지침이 내려왔는데 나는 사실 그렇게 생각하지 않는다. 연차를 쓸 사람은 써도 되지만 억지로 쓸 필요는 없다. 대신 나는 연차를 더 많이 써서 위에서 봤을 때 우리 팀 연차 소모량이 어느 정도 성의 표시 수준은 되도록 하겠다는 말을 팀원들에게 했다.

팀원들도 상황을 이해했다. 물론 몇 주가 지나고 연차를 펑펑 쓴 사람은 팀에서 나 하나뿐이었고 다른 팀까지 포함했을 때도 나뿐이었다. 우리 팀 연차 사용이 가장 적었다. 뭔가 나도 낀대가 되려는 것인가 하는 생각도 들었다. 하지만 이겨내야 했다. 정말 낀대가 되는 건 시간 문제니까.

힌트를 준 선배들

사실 생각해보면 지금의 나는 나 혼자만의 힘으로 사회 생활을 하고 있지는 않다. 지금은 대부분 그 자리에 없는 빛나는 선배들 덕분에 여기까지 온 것이다. 보고서가 산더미처럼 쌓였을 때 회사에서 밤을 새우면서 대부분을 다 해놓고 옆에 잠들어 있던 나를 깨워 마지막에 함께 보고한 선배부터, 말도 안 되는 이유로 깨지고 정신이 반쯤 나갔을 때 옆에서 네가 잘못한 게 아니라며 위로해준 선배들. 다 말할 수 없는 이런 끈들이 내가 나가떨어지지 않게 잡아주었다.

그런데 의외로 시간에 비해 세상은 많이 바뀌지 않았다. 신입사원 때에 비하면 사람 사는 직장 문화가 된 듯하지만 지금도 여전히 사각지대는 존재하고, 우리는 사실 한 발짝만 잘못 내딛어도 다시 복귀하기 어려운 징검다리를 건너며 살고 있다. 주 52시간제가 시행되었으나 여전히 다양한 방법으로 제도가 피부에 와닿지 않는 회사가 많고, 집단 전체가 마음먹고 부조리한 일에 동의하라는 서명을 요구하는데 혼자만 하지 않아 강제로 전출되는 일도 여전히 많다.

누구는 몇 년째 아무 말도 없이 급여가 동결되고, 인사 제도와 다르게 다른 사람의 부정을 신고하면 내가 오히려 내부 고발자로 낙인이 찍히는 일도 잦다. 사실 본질은 바뀌지 않았다. 분명 이런 상황에 문제 의식을 가지고 있었던 친구들이었는데 누구는 정말 끈대를 넘어 젊꼰이 되어 조직의 목을 조르고 더 과감하게 돈만 앞세워 직원들을 몰아붙이고 있다. 누구는 앞에서는 바뀐 근로 강도에 환영하는 듯 말하지만 정말 둘밖에 없는 회의실에서는 예전의 SSKK(시키면 시키는 대로, 까라면 까라는 대로) 정신을 역설한다.

나만 불리한 입장에 놓이지 않으면 문제없는 현실이고 나 하나 눈 감으면 계속 회사에서 기득권을 유지한 채 행복하게 다닐 수 있는데, 왜 그런 것에 관심을 가지냐는 시각도 많다. 회사는 여전히 바뀌지 않았고, 오히려 제도는 그럴 듯하게 꾸며놓았지만 직원들 사이의 정서적인 온기와 거리는 예전과 비교할 수 없을 정도로 차가워졌다.

그런 사람들이 드라마 〈미생〉을 보고서는 갑자기 '내가 오 과장 같더라'라는 말도 안 되는 소리를 하면서 더 강한 자의 압력만 성토하고 정작 자신으로 인해 힘들어하는 다른 사람들의 신음은 듣지 못하니. 생각해보면 늘 좋은 선배들이 주변에서 나를 잡아준 것만은 아닌 듯하다. 잘해 준 선배는 지금 이 자리에 함께하고 있지 않으며 대부분 이 정글 밖으로 떠났다. 오히려 빌런들은 여전히 조직 여기저기서 잘나가고 있다.

여기만 그런 것이 아니라 대부분의 회사가 그런 것 같다. 나도 그냥 잘 살아갈 모습만 생각한다면 주저 없이 빌런이 될 수도 있다. 혹시 내가 인지하지 못한 영역에서 그렇게 손을 뻗쳐가고 있을지도 모른다. 하지만 그럴 수는 없다. 회사에 존경하는 임원이 있었다. 같이 일하기 전에는 사실 뭘 잘하는지 모를 정도로 능력이 눈에 띄지 않는 사람이었다. 그냥 다른 임원들처럼 정치력이 좋아 사람 좋은 모습 뒤로 사람들을 조종하며 거기까지 올라갔겠거니 과거의 사례를 통해 넘겨짚었다.

하지만 같이 일하면서 생각이 바뀌었다. 정말 실질적으로 직원들을 생각하는 사람이었다. 거창한 제도가 아니라 힘들다면 사람을 붙여주고 투자가 필요하다면 재량껏 투자도 했다. 심지어 다른 조직에서는 하지도 않는 탄력근무제 등 각종 복지도 진행했다. 무엇보다 직원들 한 명 한 명을 만나 어떻게 자율성을 주고 어떻게 실제적인 동기부여를 할 것인지 같이 고민해주었다. 물론 개인적인 능력은 조금 부족했어도 경영자라면 이렇게 해야 하는 것 아닌가 하는 생각을 현실에서 구현해준 사람이었다.

언젠가 내가 프로젝트를 하나 무사히 마치고 자리에 앉아 있을 때 그 임원에게서 메일이 왔다. 수고 많았고 지금 하는 것처럼 후배들도 잘 끌어달라는 취지의 메일이었다. 생각지도 못한 메일에 오랫동안 여운이 남았다. 일한다는 것은 무엇일까. 사람 사이에서 일한다는 것은 정말 무엇일까.

훗날 들은 이야기로는 위에서 사람을 줄이라는 압박이 있었는데 그 임원이 그렇게 하지 않아 스스로 사임해야 할 상황이 되었다고 한다. 그냥 스스로의 성취만 생각했다면 주저없이 실행할 사람도 많았을 텐데 스스로의 성공을 정의한 회사 선배 중 한 명으로 보니 마음에 와닿는 메시지였다.

당장 내일 그만둘 사람처럼 일하자

나의 회사 생활 좌우명이다. 내일 그만둘 것처럼 일하면 오히려 일이 잘 된다. 적극적으로 변한다. 어차피 내일 그만둘 건데 못할 말이 없다. 파이터는 아니지만 일이 시작되면 다소 호전적인 자세로 바뀐다. 고쳐야 할 부분, 해야 할 로드맵을 치고 나가는데 거리낌이 없다. 예의는 지키지만 가만히 듣다가도 결국 할 말은 다하고 회의실을 나간다.

여기서 회사를 계속 다니려고 마음먹는 것은 정말 끈대로 가는 지름길이다. 사축이 되는 걸 가속화하면서 그들의 생각을 반복하는 것이다. 독재 국가의 참모 그 이상이 되기 어렵다. 하지만 회사가 아닌 산업군, 세상에서 승부를 보려고 마음먹으면 시야는 넓어지고 스스로 실력을 준비해야 한다는 것도 알게 된다. 자신의 경쟁력을 스스로 찾을 수밖에 없다. 말로는 업계에서 승부를 본다면서 링크드인에 한 줄 쓰지도 않고 앉아 있거나 헤드헌터 한 번 만나본 적이 없다면 사축의 길을 자연스럽게 걸어가고 있는 것이다.

회사는 모르게 다른 회사 면접도 보면서 정말 준비해야 할 것이 무엇인지를 알게 되고 업계에서 원하는 인재상이 무엇인지 눈을 맞출 수 있다. 보는 것이 많아지고 준비한 게 늘어나면 지금 다니는 회사 내에서도 자연스레 일 잘하는 사람으로 눈에 띌 수밖에 없다. 마치 기적의 논리처럼 보이지만 체험해본 바로는 정말 그렇다.

내가 먹고 죽을 것처럼 회사를 바꾸고자 하는 용기는 여기가 내 전부가 아니라고 선언하는 데서부터 시작된다. 누군가를 너무 좋아하면 집착이 되고 부담으로 변질되는 것처럼 사회생활도 한 곳에 너무 많은 자아를 투영하면 결국 변질될 수밖에 없다. 어느 정도를 잘 유지하면서 이 생활을 계속해나가는 게 서로에게 좋다. 이러다가 면접에 최종적으로 합격한 회사도 있었다. 하지만 가지는 않았다. 대신 더 큰 확신을 얻었다. 당장 내일 그만둘 것처럼 일해도 된다는 것 말이다.

나는 조직에서 끼인 세대로 매일 여러 부조리 속에 끼어 있

다. 어쩔 수 없이 따를 수밖에 없는 위에서의 요구와 스스로
도 납득이 되지 않는 메시지, 한 명이라도 실력 있는 친구들
을 더 붙잡아야 하는 상황에서 하루하루는 분명 만만치 않다.
그렇지만 오늘도 저녁 먹는 내내 내 옆에서 같이 놀자고 앉아
있는 아이를 보면서 지금 바뀌지 않으면 또 언제 누가 바꾸겠
냐는 생각을 해본다. 세상이 저절로 바뀌지 않았듯 우리들이
살 미래 또한 그럴 것이므로.

말을 놓는 순간
인격도 내려놓는다

기억에 남는 사람

짧은 첫 직장의 추억을 갖고 있지만 기억에 남는 사람이 있다. 몸담았던 부서의 에이스 과장이다. 숫자를 다루는 능력이 탁월했고 무엇이든 시스템으로 만들어보려는 노력을 했던 사람이었다. 많은 후배들이 일하는 모습을 보고 배우려 했고 회사에서도 평판에 어울리는 평가와 대우를 해주었다. 비교적 이른 나이에 과장이 되고 부장들도 미래의 임원으로 보면서 함부로 못하는, 그저 그렇게 일만 잘하는 사람은 아니었다. 일 잘하는 것 이상으로 인간에 대한 예의가 있는 사람이었다.

꼰대들이 넘쳐나는 직장에서 이 사람은 후배들에게 술을 권하지 않는 거의 유일한 선배였다. 오히려 남이 억지로 후배들에게 주는 술을 대신 받아 마시는 상사였다. 다른 부서와 싸워야 할 때는 가장 먼저 나서서 싸우고 후배들의 회사 적응 디테일까지 챙겼던 사람. 그 사람의 모습에서 내가 가장 기억에 남는 모습은 항상 존댓말을 쓴다는 것이다.

회사에서 하는 말은 미묘하게 사람의 마음을 교란시킨다. 말투로 동기부여를 할 수도 있고 적을 공격할 수도 있다. 다 맞는 말인데 이상하게 기분이 나쁘거나 분명 어려운 상황임에도 그걸 하겠다고 마음먹게 만들기도 한다. 존댓말이 늘 좋은 것은 아니다. 어려운 일을 시키거나 부려 먹을 때만 존댓말을 하는 사람이 있다. 이런 사람이 갑자기 존댓말로 'XX 씨'라고 부르는 순간 온몸의 세포가 거부하는 경험을 하게 된다.

차라리 반말로 나쁜 걸 시켰으면 덜 기분 나쁠 텐데 평소에는 막 부리다가 이럴 때만 남으로 생각한다. 철저한 남. 책임져 주지 않는 남 말이다. 반말은 꼰대의 상징이다. 처음에는 사람 좋은 척, 챙겨주는 선배 같은 모습으로 반말을 하지만 한 번 풀린 태도 뒤에는 머지않아 욕과 하대가 따라온다. 사실 이런 사람들은 부르고 싶은 대로 사람을 부른다. 술까지 들어가면 하대는 더 극심해진다.

하지만 이 선배는 항상 존댓말을 사용했다. 신입 사원에게도 바로 아래 후배에게도 그랬다. 회식을 2차까지 갔을 때도 그랬고 회사를 그만두고 나오는 날에도 말을 놓지 않았다. 신기했다. 사회 생활을 10년 이상 하면서, 그런 사람은 단 한 명뿐이었으니까. 언젠가 같이 회사에서 아침을 먹다가 지나가듯이 물어본 적이 있었다. 왜 존댓말을 쓰는지, 반말을 쓰고 싶지는 않은지. 고맙지만 편하게 반말을 해도 괜찮다고 했었다.

머뭇거리다 곧 반말을 할 줄 알았다. 하지만 조금 생각하더니 나긋한 말투로 "사람이 사람한테 말하는 건데 서로 존대를 하는 게 맞는 것 아니냐"는 대답을 내놓았다. 상사와 부하만 생각하던 신입 사원 시절의 생각을 깨는 그 사람의 말은 오랫동안 기억 속에 남아있다. 비록 10년이 넘는 시간이 흘렀지만 마지막 날 함께 찍었던 사진은 아직 보물처럼 간직하고 있다.

1:1:1

사회 생활은 결정적 순간에 남과 나를 구분할 수밖에 없다. 아무리 내가 필요한 것처럼 말하던 영업망도 담당자가 바뀐다고 해서 별 일이 생기지는 않았다. 가는 곳마다 자리를 챙겨줄 것처럼 후배들을 부려먹었던 선배도 결국 위기에 몰리자 나 몰라라 혼자 다른 조직으로 도망치듯 떠나버렸다. 좋을 때는 다 함께 있을 수 있어도 경쟁이 치열하거나 업황이 나쁠 때는 좁아진 조직 안에서 서로의 안전 거리가 사라질 수밖에 없다.

우리는 1 : 1 : 1 : … : n의 세상을 살고 있다. 처음에 손 붙잡고 회사에 뛰어들었던 동기도, 지금은 다른 회사로 가버린 선배도, 열망에 차있던 후배도 지금은 내 옆에 없다. 끼인 나이가 되고 나서 다시 머릿속에서 사회 생활을 조립해보면 결국 나는 처음부터 혼자였고 누굴 의지하고 기댈수록 결론은 안 좋아지는 쪽이 더 많았다. 정치가 만능도 아니고 그렇다고 실력이 만능도 아니었다. 세상 일은 그냥 알기 어려운 알고리즘으로 굴러가는 것 같다.

한때 부사수였으나 스타트업으로 이직해 회사가 커지면서 중요한 자리에 오른 후배가 있다. 후배지만 저녁을 먹으면서 배울 점이 많다는 생각이 들었다. 언젠가 밥을 먹다가 자기 회사에서 함께 일해볼 생각이 없냐는 제안을 했다. 포지션은 후배보다 아래였지만 그 자체가 기분 나쁘거나 그러지는 않았다. 오히려 쉽게 일해보기 힘든 자리인데 이렇게 기회가 올 수도 있구나 하는 생각이 들었다.

실제로 그 회사에는 자신의 한때 사수들에게 이직 제안을 해서 함께 일하는 사람들이 적지 않았다. 영원한 입사 후배는 있을 수 있어도 영원한 내 팀원은 없는 것이다. 만약 누군가를 나이가 어리거나 입사가 늦었다는 이유로 존중하지 않는다면 나중에 생각지도 못한 결과가 자신에게 돌아올 수 있다는 생각을 해보는 것이 좋겠다. 언젠가는 내 상사로 올 수 있으니 말이다. 실력이든 정치든 무엇으로 인해 선후배 자리가 역전되는 일은 이제 주변에서 흔하게 볼 수 있는 일이다.

실력이 말하는 조직

팀장이 되고 나서 내가 표방하는 우리 팀의 모습은 실력이 말하는 조직이다. 언제 회사 생활을 시작했는지는 별 상관이 없다. 얼마나 일을 잘하는지가 절대적으로 중요하다. 일을 잘하면서 주변을 살필 줄 알면 베스트지만 이런 사람은 드물기에 기본적인 태도만 있다면 실력이 그 이상을 모두 말할 수 있다고 믿는다. 시간이 지날수록 실력 있는 사람, 보여준 실적이 있는 사람에게 발언권을 많이 주려고 노력하고 있다.

새로운 기술을 배우지 않을 수 없고 다른 기업에서 무엇을 하는지 모를 수 없도록 한다. 이직도 회사는 모르게 비공식적으로 장려하고 다른 회사로 옮겨간 동료들이 무엇을 했는지에 대한 이야기도 서슴없이 한다. 서로 간의 예의는 실력을 나눠주는 것으로 통한다. 그러면서 존댓말이 자연스러워지기 시작한다. 존대를 강요하지는 않는다. 팀장인 내가 존댓말만 하니까 아무래도 영향이 있겠지만 그렇다고 그렇게 하지 않는 사람을 뭐라고 하지도 않는다.

그냥 서로 힘을 합치지 않으면 새로운 모든 것을 다 배울 수 없으니 나눠서 보고, 배운 것을 나눌 수밖에 없다. 반말이 인간적이라고 하지만 정말 인간적인 것은 분위기만 자연스러운 것이 아니라 사회인으로서 서로 존중해주고 더 잘되는 길을 열어주는 것 아닐까. 물론 아직 서먹하게 생각하는 사람도 있고 이기적인 사람도 있다. 하지만 이런 상황이 만들어낸 진심을 알고 있다고 믿는다. 매일 스크럼을 짜면서 미팅하는 정도는 아니지만 요즘 친구들이 생각하는 수준의 공유와 공감은 유지하려고 애를 쓰고 있다. 언젠가는 지금 이상하게 바라보는 다른 팀들의 문화도 이렇게 바뀌기를 기대하면서.

끼인 세대로서 호칭에 대한 생각

새로운 조직 문화를 실험하는 이유는 내가 안 하면 아무도 안 해서다. 주어진 어젠다를 받는 일만 하다가 어젠다를 만들어야 하는 자리에 있게 되었다. 어젠다가 위에서 내려오기도 하지만 경영진에 따라 디테일까지 신경 쓰지 못하는 부분이 있

고, 아예 이런 것에 무감각한 사람도 있다. 사업의 방향 같은 것은 위에서 정할 일이지만 문화는 우리가 만들어간다.

조직에서 허리 역할 이상의 끼인 세대는 조직이 지향할 문화를 스스로 찾아내 적용하는 역할을 맡고 있다고 생각한다. 하지만 문화를 빅뱅이론처럼 한 번에 바꾸려는 사람들도 있다. 일단 선언하고 질러야 변화한다는 것이다. 물론 그런 측면도 있다고 생각한다. 하지만 문화는 사람들이 모여 만들고 공유하는 것이니까 조직에 잘 맞는 방식이 있을 것이라 생각한다.

어느 날 회사에서 호칭 변경에 대한 이야기가 나왔다. 모두 서로를 'XX 님'이라고 부르자는 것이다. 엄근진의 표정으로 미팅을 하면서 호칭을 바꾸는 것이 수평적 조직 문화의 시작이라는 일장 연설을 들었다. 처음 듣는 말에 다들 넋이 나간 표정이었다. 특히 꼰대들을 모시고 살고 있는 조직일수록 어떻게 대처해야 할지 모르는 난감한 모습이었다. 회사는 당당했다. 다음 달부터 당장 존댓말을 쓰고, 안 쓰는 조직은 평가에 반영한다고 엄포까지 놓았다. 그 자리에 모인 직원들은 문화에 대해 새로 배우는 기분이었다.

다음 날부터 호칭은 쉬운 안주거리가 되었다. 에둘러 후배들을 놀릴 때 꼰대들은 적절하게 'XX 님'을 써먹었다. "XX 님,

요즘 회의 준비하느라 힘드시죠." 같은 말을 날리며 일은 더 많이 시켰다. 그러다 보니 후배들은 'XX 님'이라고 부를 엄두가 나지 않았다. 실제로 다음 달이 시작되고 처음 한 주 정도는 모두 시키는 대로 호칭을 'XX 님'이라고 잘 불렀다. 이해관계가 없는 다른 팀과 만날 때 이 호칭은 본연의 역할을 제대로 발휘했다. 하지만 같은 팀 속에서는 호칭만 바뀌었지 태도는 전혀 바뀌지 않았다.

오히려 실제로 하는 대화와 써야 하는 말이 달라서 더 딱딱하고 엄한 분위기만 이어졌다. 연휴가 지나고 워크숍을 하면서 호칭은 서서히 사라졌다. 1년 이상 지난 지금은 아무도 쓰지 않는다. 억지로 형식을 맞춘다고 해서 문화가 쉽게 변하는 것은 아니라고 생각했다. 정말 서로를 인격적으로 생각하는 태도가 중요한 것이 아닐까 하는 생각을 해본다. 반말을 하든 존댓말을 하든 형식에 관계없이 정말 동료로 대하는 태도 말이다.

왜 프로 스포츠를 보면 야구든 축구든 선후배는 있을지 언정 실력에 의해 팀 속의 발언권이나 대우가 달라지는 것처럼, 감추는 것이 아니라 모두에게 드러내고 알릴수록 실력은 명확해지고, 오히려 인격적인 태도는 더 드러날 수밖에 없지 않을까. 우리가 잘 모르는 부당 대우와 차별이나 폭력의 문제는 결국 드러나지 않아서 뭘 해도 사람들이 모르는 블랙박스를 만든 것이 근본적인 원인이 아닐까 생각해본다.

우리가 할 일은 무엇일까. 어제와 그제 같은 조직 문화를 유지하기보다는 더 나은 문화를 만들어주는 것. 회사에 큰 업적을 남기기는 어렵겠지만 이 정도는 누구나 할 수 있는 값진 일이니까.

TMI는
캐지 않을 테다

훈수인가 관리인가

한 후배가 얼굴을 붉히며 자리로 돌아온다. 무슨 일일까. 그동안 여성 직원이 얼굴을 붉히며 말 못하고 자리로 돌아온 적이 몇 번 있었지만 이번에는 더 그렇다. 우리 팀도 아니고 옆 팀인데 뭔가 선뜻 나서서 물어보기도 그렇지만, 그래도 혼자 분을 삭이고 있기에 가볍게 바람이나 쐬자고 했다.

누가 누구와 사귀는 일이 그렇게 대단한 일일까. 회사에서 미혼의 남녀가 사귀는 게 얼마나 흔한 일인가. 그 흔한 일은 누구에게는 중요한 개인사지만 누군가에게는 커피 마시면서 한마디 떠들 가십거리에 불과하다. 이 친구는 사내 연애를 몰래하고 있다가 팀장이 뭐라고 해서 화가 나 있었다. 팀장은 왜 사내 연애 하는 걸 못마땅하게 생각했을까. 몇 마디 대화가더 이어지고는 생각지도 못한 사실을 알게 되었다. 팀장이 뭐라고 한 게 사내 연애가 아니라 자기에게 이야기를 하지 않아서라고. 이건 또 무슨 경우인가. 이런 것마저 보고하면서 살아야 하는 것일까.

비슷한 나이의 팀장이지만 이 시기에는 몇 년 차이로 문화의차이가 극심하게 드러난다. 나이와 완전히 비례하는 것은 아니지만 말이다. 쌍팔년도에나 일어날 법한 일들이 아직도 직장 곳곳에 남아있다. 누가 저축을 얼마나 하는지, 자동차를할부로 샀는지, 대출을 다 갚았는지, 소개팅이 왜 안 되고 있는지, 뱃살이 더 나왔다느니 등등이 그렇다. 나이와 업무에상관없이 남이 싫어하는 TMI를 꼰대들은 자신들의 소소한 즐거움으로 삼고 있다.

관리는 어디까지일까? 단순히 그 팀장의 말처럼 사내 연애를몰래 하다가 잘 안 되었을 경우 회사를 그만둘 리스크가 있어서 미리 알아야 한다는 게 말이 되는 이야기일까? 그러면 사랑의 카운슬러라도 하면서 성공율 100%의 연애를 만들어주기라도 하는 걸까? 비현실적인 이야기다. 물론 건강이 안 좋은 직원에게 힘내라며 건강보조식품을 권할 수는 있을 것이다. 일을 같이 해나가야 하니까. 하지만 회사가 군대도 아니고 개인의 삶까지 간섭할 권리가 있는 것은 아니지 않은가.

직장 내 꼰대와 신입 사원들 사이에서 가장 많은 갈등을 겪는 이유 중 하나는 TMI를 캐묻기 때문이다. 꼰대들은 예전과 달라진 신입 사원들의 태도에 적지 않게 당황한다. TMI를 당연히 알려주지도 않을 뿐더러 그런 태도에 거리낌 없이 싫다고 말한다. 사실 맞는 말이니까. 당황한 꼰대들은 둘러대거나 오히려 당당하게 대립각을 세우며 그것 또한 직장 생활의 일부라는 궤변을 늘어놓고 사라진다. 일하는 데 필요 없는 이야기를 따내지 못한 꼰대는 예전이 더 좋았다느니 요즘은 옛날만큼 끈끈한 맛이 없다느니 하는 이야기로 소외감을 표현한다. 그리고 그런 꼰대들 몇몇이 모여 계토를 이룬다.

꼰대들은 모여서 그동안 수집한 TMI를 교환한다. 누가 무슨 차를 샀고, 누가 어느 지역으로 이사를 알아보고 있고, 누구는 아이를 가지려고 애를 쓰고, 누구와 누가 자주 밥 먹으러 다니니 사귀는 것이 아니냐는 말들이다. 어디 드러내놓고 말할 수 없기에 꼰대 몇 명이 모여 자리를 잡고 이제서야 답답했던 마음을 풀어놓자는 식으로 웃으며 털어놓는 시간. 아직도 회사에는 그런 시간이 존재한다. 물론 당사자가 들으면 경악할 일이다. 확산되고 변질되는 이야기는 갈등의 뿌리가 된다.

낀대를 부르는 꼰대들

꼰대는 변해버린 직장 문화가 애석하다. 이런 재미가 사라지는 것이 아쉽기만 하다. 몇몇은 이미 신입 사원들의 항의와 등돌림에 재미를 잃어버렸고 몇몇은 어울리지 않게 분노한다. 그들이 좁아진 입지를 넓히는 방법으로 택한 것 중 하나는 끼인 세대들을 대화 파트너로 부르는 것이다. 끼인 세대들이 누구인가. 꼰대들이 한창 일할 때 신입 사원이었고 월화수목금금금 문화를 함께 몸으로 막아낸 사원들이며, 회식 자리 마지막까지 '부장님, 차장님, 과장님 안녕히 들어가십시오!' 하고 말하던 착한 친구들 아닌가.

그들은 이제 어디 이직하기도 애매한 연차에 회사 내에서의 입지로 승부를 봐야 할 것 같고, 그러다 보니 꼰대들의 도움이 필요한 친구들이다. 꼰대들은 이미 회사를 떠나간 꼰대 친구들 대신 만만한 낀대들을 TMI 파트너로 정했다. 같이 밥 먹자, 커피 마시러 가자. 이런 몇 마디에 밖으로 나가면 꼰대들은 TMI를 먼저 풀어놓거나 어디 누구는 뭐하고 요즘 어떤 고민이 있는지 TMI를 수집한다. 가만히 있다가 졸지에 동조하고 공유하는 사이가 되는 것이다.

평소 악명이 높은 TMI 전문 꼰대와 단둘이 오붓하게 커피라도 마시고 있는 게 보이면, 알고 보니 저 사람도 그런 인간인 줄 몰랐다며 오해받기 십상이다. 그렇다고 따라 나가지 않을 수도 없고. 오랫동안 함께 지냈고 큰일 없으면 앞으로도 많이 봐야 할 사람인데 특별히 적을 만들 필요도 없는 끼인 세대에겐 다소 난이도 높은 상황이 펼쳐진다. 사실 끼인 세대들도 과거에는 자신의 TMI가 TM(Too Much)인지 모르고 다 털어놓았다.

하지만 그 몇 마디의 말이 어디서 퍼지고 와전되어 이상한 경로로 자신의 귀에 들어올 때 뒤늦게 그게 TM이었음을 자각한 경험들이 있다. 더군다나 시대가 바뀌고 이제 계약관계 이상의 관계를 찾기 어렵게 되면서 일과 상관없는 내용을 친하지 않은 사람들과 나눌 필요가 없다는 사실도 알게 되었다. 물론 오랜 시간 일하면서 개인적인 이야기를 나눌 수 있는 사람도 있겠지만 그건 극히 제한적인 몇 명일 뿐이다. 이제 내놓을 내 이야기가 많이 없는 것이다.

모든 꼰대가 다 사라지면 이 일이 해결되느냐. 그렇지도 않다. 주변에 보면 젊은 꼰대가 싫다는 사람에게 뭔가를 지적하고 아무렇지 않게 그걸 퍼나르는 모습을 볼 수 있다. 사람이 착하고 그렇지 않고의 TMI의 감수성 자체가 없는 것이다. 스스로 좋은 사람이라고 생각하고 있는지는 모르겠지만 대부분의 요즘 사람들은 자신이 없는 곳에서 그런 이야기를 하는 사람을 좋아하지 않는다. 앞에서도 부담스러운 법인데.

TMI를 대하는 끼인 세대의 자세

TMI를 듣는 자리에 가는 것은 어쩔 수 없는 일이다. 꼰대가 부르는데 현실적으로 가지 않을 수 없다. 그게 카페든, 식사 자리든, 저녁 술자리든. 하지만 어떻게 대하느냐가 끼인 세대 한 명 한 명의 꼰대화를 결정한다. 마치 회사 내 부조리한 결정을 자연스럽게 수행하면서 같이 부조리한 사람이 되는 것과 비슷한 구석이 있다.

일단 TMI는 그냥 듣고 동조하지 않는 편이 좋다는 깨달음을 얻었다. 그것에 살을 더 붙이는 순간 TMI를 함께 다루는 사람이 된다. 물론 그건 TMI라고 상큼하게 이야기하는 것이 가장 좋은 방법일 수 있겠지만 이미 누울 자리를 보고 다리를 뻗을 줄 아는 연차쯤 되면 굳이 불에 뛰어드는 일은 하고 싶지 않다. 그냥 너는 너대로 그렇게 살라는 마음으로 가만히 듣고 살짝 끄덕여주는 식으로 넘어가면 재미없어서 더는 말하지 않고, '얘는 이런 거 별로 안 좋아하나 보다'라고 생각하고 넘어가는 것 같다.

내 TMI를 캐는 경우도 있다. 걱정해주는 것과 분명 다른 말이다. 지난 번에 아픈 것은 지금 어떤가를 묻는 것과 지난 주말에 병원 다녀와서 한 일을 하나씩 캐묻는 것은 다른 부류의 이야기다. 왜 월요일만 되면 주말에 뭐 했는지 수많은 직장에서 저마다 다른 디테일로 묻고 답하고를 하고 있는지 모르겠다. 하고 싶은 말, 내놓을 수 있는 말을 하면 그만인데 거기서 더 묻는다. 특히 경제력이나 연애사, 자녀 교육이나 부부 사이의 문제까지 막 캐려는 듯한 질문을 받는 경우가 있다.

언젠가 내 옆의 후배는 꼰대의 말에 철저히 얼버무렸다. 사람 좋은 웃음으로 과묵한 콘셉트인 듯한 후배는 사실 그 꼰대가 없을 때는 엄청나게 말을 잘하는 친구다. 하지만 다들 우르르 모여있거나 TMI 콜렉터 앞에서는 뭔가 숫기가 없는 사람이 되었다. 언젠가 그 친구가 동료들 사이에서 엄청나게 말하는 것을 꼰대가 보는 느낌이 들자 급격하게 말수를 줄이던 모습을 본 적이 있다. 일관성을 쌓으면 합리적 의심도 하지 않게 되는 걸 보면서 저렇게 방어할 수도 있겠구나 생각했다.

후배 중의 한 명은 TMI 역습을 감행한다. 부장이 물어보면 본인도 같은 질문을 날린다. 살짝 더 강하게. 지금 사는 집의 월세나 지금까지 얼마를 모았냐고 물어보면 답해주고 부장님은 그때 얼마나 모았고 작년에 들어간 아파트 시세가 얼마 올라서 좋았겠다고 너스레를 떨며 말한다. 너무나 재미있게 말해서 사실 꼰대는 자기가 당하는 줄도 모르고 있었다. 주변에서 우리 나이대 친구들은 참 무섭지만 똑부러지는 후배의 모습을 보았다고 생각했다.

나는 자리를 아예 피해버렸다. 꼰대들이 주로 말하고 다니는 젊은 친구들과 어울렸다. 그랬더니 어느 순간 부르지 않았다. 자기들이 만든 게토에는 적합하지 않다고 생각한 것일까. 귀찮은 TMI를 듣고 나눌 일이 줄어들었다.

남을 위한 정보들

그렇다고 무관심한 직장 생활을 하고 있지는 않다. 팀원들에 대해 알고 있다. 단지 누가 누구랑 아직도 잘 사귀는지, 언제 결혼할 생각이 있는지, 영혼까지 끌어서 집을 결국 살 것인지에 대해서는 모를 뿐이다. 누가 무슨 업무를 하고 싶어 하고, 무엇을 배우고 싶어 하고, 잘하는 것은 무엇이며, 못하는 것은 무엇인지 알고 있다.

몸이 약해서 자주 연차를 쓰는 것 정도는 알려줘서 알고 있지만 연차 사유를 매번 물어보는 짓은 하지 않는다. 당연히 얼굴 평가나 새로 한 헤어 스타일에 대해서도 먼저 이렇다 저렇다 말하지 않는다. 그래야 나도 당하지 않는다. 그저 함께 일하기에, 함께 살아가기에 그 사람에게 도움이 될 만한 정보만, 그 사람 입에서 나온 것만 알고 있다. 업무 습관이나 잘하고 못하는 것은 경험으로 알게 된 것이고.

그렇다고 해서 팀원들이 자신을 잘 모른다고 생각하는 것 같지는 않다. 적당히 아는 게 좋으니까. 그중에서 더 자신의 삶을 오픈하는 사람이 있고 더 닫아 놓는 사람이 있을 뿐이다. 그건 개개인의 성향이다. 그냥 이 정도가 딱 적당한 것 같다. 신입 사원들도 우리에게 가족 같은 회사를 바라지 않고 우리도 그런 게 있다고 생각하지 않으니까.

결국 가족 같은 회사는 직원에게 더 많은 희생과 헌신을 강요한 것 같다. 우리가 한때는 가족이라고 웃었으나 지금은 뿔뿔이 흩어진 가장 큰 이유는 회사와 상사에 대한 실망이지 않았을까. 이런 상황에서 TMI는 정말 몇몇에게 재미를 주려고 만든 연예면 기사에 불과한 것이다. 자기도 모르게 떠들면서 당사자에게는 악플을 달고 있는 모습이고. 낀대 아닌 끼인 세대로만 잘 남기 위해서 TMI는 앞으로도 캐지 않을 것이다.

인내심이
선생님이다

자율, 어디까지 통할까

마이크로 매니저가 되기는 싫었다. 여태껏 당해왔으니까. 보고서 하나 갖다주면 내 생각의 경계를 허물어줄 선배의 놀라운 비전을 기대했으나 돌아오는 것은 보고서 폰트를 어떤 걸로 바꾸고 컬러를 로열블루, 18포인트로 맞추라는 이야기 정도였으니까. 자기가 만들지도 않았으면서 오탈자 하나 어디서 발견하고는 그걸로 몇 분 동안 일장 연설을 하는 선배도 있었다.

누구도 철학 대 철학으로 내 주장에 뭐라고 하는 사람은 없었다는 것이다. 마치 개인 대 개인의 각개전투로 살아가는 그 이상의 관계는 존재하지 않는 것 같았다. 그저 그 자리에 앉혀놓으면 누구나 다 할 수 있는 지엽적인 디테일에 목숨을 걸고 있었다. 물론 집착의 결과는 처절한 패배밖에 없음도 경험으로 알게 되었다. 아무리 작은 것을 바꿔도 고수 앞에서는 티 하나 나지 않았다.

안 된다는 것을 처음부터 알고 있었으나 나로서는 어찌할 방법이 없었다. 단지 시키는 대로 토씨 하나 틀리지 않아야 하니까. 어느 순간에는 이럴 거면 차라리 불러주는 대로 받아적는 프로그램을 쓰는 게 더 낫다는 생각이 들었다. 그러나 프로그램보다 말하는 대로 움직이는 사람이 편한 상사들은 덕지덕지 피드백을 했고 어느새 내 기안이라고 보이지 않는 보고서가 탄생했다.

그게 싫었다. 마이크로 매니징을 하는 선배는 절대 되지 않으리라 마음먹었다. 까라면 까는 문화를 적어도 내가 리더인 조직에는 물려주기 싫었다. 비싼 고학력자들을 모아두고 한 머리로만 결론을 내는 최악의 상황을 마주하고 싶지는 않았다. 집단 지성을 써서 모두가 흐뭇해하는 팀을 만들고 싶었다.

팀장이 되고 첫날 후배들도 좋아할 줄 알고 자율성 있는 팀 컬러에 대한 생각을 늘어놓았다. 뭐 몇몇은 밝은 눈망울로 듣기도 했다. 하지만 몇 달이 지나고 나서 자율은 다른 부정적 개념과 실로 종이 한 장 차이임을 느꼈다. 물론 몇몇은 내가 짠 어젠다와 먼저 구축한 프로세스를 따라 잘해오고 있다. 더 나아가 변형을 하고 다른 분야로의 적용도 해본다. 먼저 새로운 것을 가져오기도 한다. 자율은 이 정도에서 통하는 이데아다.

하지만 모두가 그런 것은 아니었다. 누구는 무한 반복에서 벗어나지 못하고 있다. 팀장이 만든 선을 넘어가지 못한다. 변형이나 확장, 스스로 개척하는 것은 없다. 심지어 왜 자기를 방치하느냐고 묻는 사람도 있다. 업무 하나하나를 정해주고 쪼면서 자신을 다뤄주기를 원한다는 의견도 있었다. 그저 하던 일을 반복하며 오퍼레이팅에만 매달리는 팀원도 있었다.

자율이 추구하는 바는 한 명에게 메이지 않기 위해서다. 구글이 어떻게 일하고 애플이 어떤 방식으로 생각하는지 대학 시절 이전부터 보고 자란 친구들을 위해 비슷한 직장을 만들어보고 싶었다. 그래서 그들이 모르는 툴도 적용해보고 먼저 만들어본 것의 소스를 다 공개하며 스터디까지 만들어 돌렸다.

다소 적막이 흐르던 시간이 지나고 몇몇이 질문하고 상호작용하는 과정을 거치면서 이런 노력이 이들의 일하는 재미와 커리어에 도움이 될 것이란 생각도 했다. 그냥 위에서 찍어 누르고 숫자나 뜯어가면서 지적질하는 상사는 되기 싫었다. 바뀐 문화에 맞는 멋진 선배가 되고 싶었다. 그런데 그런 생각은 한낱 꿈이었던 것일까.

개입했으면 뒤집지 않는다

피드백이 없는 상사를 만나 힘들어했던 팀원이 있었다. 아무리 결과물을 만들어줘도 아무 말 없는 상사. 나중에 그 상사였던 선배에게 들었는데 그 친구 생각과는 달리 너무 잘해서 해줄 말이 없기에 피드백을 안 했다고 한다. 다소 충격적이었는데 신경 쓸 일이 많으면 믿고 맡겨 그럴 수 있겠다고 백 번 양보해 생각했다. 그래도 최소한 잘해서 아무 말도 안 하고 있고 바빠서 못 챙겨 미안하다는 이야기라도 했어야지 하는 생각을 지울 수 없었다. 지금 그 친구는 우리 팀에 있다.

자율을 주면서 피드백도 잘해주기 위해서는 맨 처음 결과물을 낼 때 개입하는 것이 중요하다고 생각한다. 처음에 같이 방법을 합의하면 그것을 적용하고 변형하는 것은 팀원의 자율이니까. 큰 것만 합의하면 결과는 팀장이 책임져야 한다는 게 내 생각이다. 그래서 초반에 많은 시간이 소요된다. 어떤 데이터를 모아서 어떤 방법으로 분석하고 나온 결론을 어떤 포맷으로 어떻게 실행에 옮기고 컨퍼런스 콜을 보내야 하는지 등등 다소 초반에 과하다 싶을 정도로 디테일을 챙긴다.

물론 내가 틀릴 수도 있고 모르는 게 있을 수도 있다. 그래서 다른 생각이 있는지 물어보는데 많은 시간을 할애한다. 그리고 며칠, 몇 주 동안 실제로 일을 할 때는 생각과 달리 어떤 어려운 점이 발생했는지만 확인한다. 새로운 방법을 썼다면 먼저 이야기하는 경우가 대부분이므로 이건 따로 물어보지 않는다. 마치 압력 받는 기분이 들 테니까. 인내심을 가지고 기다린다. 최종적인 결론이 나오기 전까지 말이다. 최종 결과를 보면서도 별 이야기를 하지 않는다. 이미 합의한 방법에 의한 결론이기 때문에 실무자의 의견만 물어본다. 그게 전부다.

개입한 결과를 뒤집으면 나 자신을 부정하는 셈이다. 물론 처음에 생각한 것이 잘못됐으면 좀 지나서라도 미안하다고 말하고 수정하는 게 낫다. 더 큰 일이 벌어지기 전에. 한때 잘못된 수식으로 만든 내용을 후배에게 줘서 결과가 이상하게 나온 적이 있었다. 나름대로는 후배를 돕기 위해 파일까지 준 셈인데 일을 더 그르치게 만들었다. 한참 일하고 있던 후배에게 초반부터 다시 해야 한다는 말을 하기는 무척 힘들었지만 결국 수정했다.

그 이후부터는 실체화된 툴을 처음부터 주지 않는다. 그것마저 생각에 갇히는 것이니까. 그걸 만들 실력을 기르는 것이 필요하니 회사와 협상을 해서라도 업무 기간을 더 확보하고 실무자가 스스로 새로 만들어볼 수 있는 여건을 마련하려고 한다. 물론 마감이 닥치면 결국 파일이든 템플릿이든 뭐든 줄수밖에 없지만 그걸 주는 순간 그걸 채우면서 생각이 정지되는 후배의 모습을 보게 된다.

"그러면 후배가 크질 않아."

상사에게 한마디 듣고는 어디까지 편의를 봐주는 게 좋은지에 대한 생각을 많이 하게 되었다. 키워드만 던지고 언제까지 만들어 오라고 하는 것은 너무 방임하는 것 같았다. 그걸 선배들은 실력을 기르기 위한 필수 과정이라 생각했고, 나는 꼰대들이 입으로만 하는 회사 생활로 생각했다. 그렇지만 한순간에 생각하는 것을 접고 기존 프로세스만 반복하고 있는 후배의 모습을 보면서 선배들의 생각이 맞는지 고민하게 되었다. 후배들도 아무것도 없는 것보다는 뭐라도 주면서 일을 시키는 쪽이 더 낫다고 면전에서 말하기는 했지만.

인내심, 친분

후배들이 성장하는 것을 보면 나무가 성장하는 것 같다는 생각을 하게 된다. 성장할 가능성이 가득한 친구들이 힘들어하는 과정을 겪다가 적응하고, 다시 현실에서 가능성을 새로운 실체로 만드는 것을 보게 된다. 끼인 세대의 역할은 나도 크는 것이지만 후배들이 더 커나갈 수 있도록 돕는 거라고 상사에게 숱하게 들었다. 실제로 후배의 성장에 관심이 많은 문화는 전염되어 그런 것을 겪은 사람이 그렇게 후배를 키우고 잘 키우는 조직이 화수분을 만들어낸다.

이때 가장 어려운 것이 인내심이다. 계속 개입하면 일은 빨리 할 수 있지만 경험할 기회를 내가 앗아가게 된다. 그렇다고 해서 마냥 폭풍 속에 둘 수만도 없다. 그러다 몇몇은 나가떨어지고 정말 아슬아슬한 상황인데 갑자기 내가 너무 바빠지면 의도와 달리 극한 체험을 시킬 수도 있다. 인생은 타이밍이라지만 회사 생활의 타이밍은 한 치 앞도 예상할 수 없는 경우가 많아 인내심의 정도도 내가 결정할 수 없는 순간이 온다.

먼저 이야기해주는 후배는 고맙다. 하루는 후배가 요즘 너무 신경 쓰지 않는 것 아니냐며 둘이 있을 때 지나가듯 웃으며 말했다. 생각해보니 나도 그 전의 선배들처럼 일을 너무 잘해서, 다른 것 하느라 정신이 없어서 그냥 맡기듯이 살고 있었는데 이 친구는 뭐라도 이야기 듣기를 좋아하는 성향이었다.

성향을 잘 파악하지 못해 섭섭해하는 줄도 모르고 있었다. 평소 매일 조금씩이라도 시시콜콜한 이야기를 하며 정서를 유지했으니 그나마 이런 이야기를 지나가면서라도 할 수 있었다는 안도가 들었다. 회사는 결국 사람 사는 곳이기에 친하다는 것이 꽤나 힘이 될 때가 많다. 이건 10년 전이건 10년 후건 계속 유효한 포인트지 않을까.

아무도 알아주지 않더라도

예전에 친한 선배였다가 높은 자리에 올라가고 나서는 그런 분위기가 나오지 않는 사람들이 있다. 자리가 사람을 만드는 케이스. 예전의 유순했던 성격은 어디 가고 이제는 하루하루 조급한 마음에 쪼아대는데 이골이 난 사람이 된 것이다. 이들의 인내심에 맞춰 결과물을 빨리 갖다주다 보면 후배들에게는 마냥 인자한 사람이 되기 힘들다. 어느새 누군가를 쪼아야 한다는 생각이 자리를 잡는다.

기존에 하던 일이 치고 들어오면서 갑자기 하던 일을 모두 해내야 하는 상황이 되면 인내심은 거센 도전을 받는다. 꼰대들이 일을 주는 것처럼 인공위성에서 땅으로 바로 레이저를 쏘

듯 주고 빠진다고 해도 사실 앞에서 뭐라 할 사람도 없고 그 걸 트집 잡을 선배도 없다. 그들도 그렇게 하니까. 하지만 일 관성은 꼰대가 되지 않기 위한 중요한 덕목이기에 두 배 이상 의 일을 먼저 해놓으려고 한다. 그래야 경험치를 먹이면서 일 을 시킬 수 있으니까. 하지만 그런다고 아무도 알아주지 않는 다. 가장 알기 어려운 부류의 노력이기 때문이다.

이런 이유로 혼자 야근을 하고 있는데 사무실 반대편에서 야 근하고 있는 동료가 눈에 띈다. 비슷한 연차의 동료. 가서 뭐 하는지 물어보니까 신입 사원을 가르칠 교안을 만들고 있다 고 한다. 대충해도 되는 일인데도 사업보고서 수준으로 만들 고 있다. 이러다 못 버틴 선배들처럼 그만두면 그만둬서 안타 깝다는 이야기를 한 번 더 듣기 위해 이러는 것만은 아닐 것이 다. 다만 내가 겪은 이해 못할 일을 다음 후배들에게는 주기 싫어서가 아닐까. 아무리 남과 남이 되어가고 있는 회사 생활 이지만, 그래도 아직 나에게는 후배이고 같은 회사 동료니까. 우리 세대까지는 느낄 수 있는 마지막 정서 아닐까 싶다.

속을 털어놓을 테니
배신하기 없기

정보화 회사

사무실에서 정보는 모두에게 평등하지 않다. 매일 아침 만나는 뉴스 기사나 알음알음 아는 사람이 돈을 버는 투자 시장보다도 더 소수에게 치중되어 있다. 정보를 미리 아는 사람은 대응 태세를 취하고 모르는 사람은 현실이 눈앞에 다가올 때까지 자신의 생각에만 빠져 있다. 이 정글은 표범이 임팔라 뒤에 조용히 다가와 덥석 사냥하는 것처럼 보이지 않는 정보가 생사를 가르는 곳이다. 어제 편안해 보였던 자리가 오늘 출근하면 지형이 달라져 있는 꽤나 생동감 넘치는 곳이다.

삼삼오오 직원들이 모인다. 회사가 변화하려는 시기에는 복도며 카페로 나와 마음이 들뜬 많은 사람들이 정보를 교환한다. 저마다 퍼즐 조각들 들고 완전한 하나를 맞추려고 애쓴다. 가장 많은 조각을 가진 사람이 대화에서 높게 평가받곤 한다. 나이든 사람이 아니라 동기가 많고 단톡방에서 활발하게 정보를 교환하는 사람 말이다.

기득권을 잡은 사람은 굳이 이런 일을 할 필요가 없다. 이미 큰 그림을 다 알고 있다. 말을 아낄 뿐이다. 그들이 아끼는 소수에게는 일부 조각을 풀어놓기도 한다. 많은 정보를 털어놓는 것은 같은 배를 탔다는 사인이기도 하며 그만큼 시키는 일을 잘해야 한다는 선불이기도 하다. 직장에서 정보는 일종의 현금처럼 눈에 보이지 않게 교환된다.

허리급의 직원들은 누구보다 정보가 필요하다. 어떤 일이 벌어지는지 알아야 미리 준비할 게 뭐가 있는지 누구에게 뭘 맡길지 감을 잡을 수 있다. 완전 실무자라면 할 필요가 없는 고민들도 허리급 직원들에게는 필요하다. 그렇다고 다 알 수 있는 것도 아니다. 어떤 일은 정치적인 의미로 미리 풀어놓지 않는 것도 있고 어떤 일은 상사의 무신경으로 인해 필요보다 늦게 알려지고는 하기에.

쓰나미가 오고 있다는 이야기

회사는 종종 큰 흐름이 바뀔 때가 있다. 신규 사업을 한다든지 대규모의 조직 통·폐합으로 많은 직원의 소속이 바뀌는 일이 점점 잦아지고 있다. 아무래도 변화가 필요할 수밖에 없는 요즘이니 이런 흐름이 더 잦긴 하다. 맡은 일을 잘하면 쓰나미가 오든 태풍이 오든 무슨 상관이냐고 말하는 엄마, 아빠 세대의 이야기를 하는 사람도 있다.

영 틀린 말이라고 할 수 없지만 왜 그걸 모르거나 늦게 알아야 하는지는 반문하고 싶다. 직원들이 가장 고민하는 것은 자신의 미래일 것이다. 90년대 생은 미래보다 현실을 더 즐긴다는 누군가의 편견을 듣기도 했지만 내가 만난 90년대 생들 대부분은 우리와 크게 다르지 않았다.

그들 역시 영원한 것을 바라지는 않아도 내가 언제까지 무슨 일을 하면서 어떻게 성장할 수 있을지에 관심이 많다. 그건 우리도 그렇다. 언제까지 일을 할 수 있을지, 지금 일을 끝내면 다음에는 무슨 일을 해야 할지 막막한 것은 마찬가지니까. 다니고 있는 회사의 미래가 어떻게 변화하고 있는지 벌어지고 있는 일을 모르고 있다면 너무 답답한 일이다. 어느 날 팀 막내가 밥을 먹다가 뜬금없이 한마디를 했다.

"우리 팀이랑 그 팀이랑 합쳐진다면서요?"

처음 듣는 이야기였다. 어디서 들은 이야기냐고 물으니 머뭇거린다. 그럴 수밖에. 회사에서 정보는 핵심인데 정보의 출처에 대해 묻는 것이니 당황할 수밖에. 머뭇거리다가도 동기들 카톡방에서 오고간 이야기라고 말해주니 그래도 고마웠다.

하지만 왜 이런 이야기를 나는 듣지 못했을까. 사실 여부를 떠나 어딘가에서 이런 이야기가 나왔다는 게 신경 쓰였다. 그저 일만 열심히 해서는 안 된다는 것이 또 드러났다. 그날부터 주변 사람들에게 말을 걸며 은연 중에 이런 일이 있는지 물어보는 데 많은 에너지를 쓸 수밖에 없었다. 상사들에게 물어보니 그런 이야기가 한때 있었던 것은 사실이지만 지금은 없는 이야기가 되었다고 한다. 물어봐서 들었지만 묻지 않았다면 일이 다 벌어지고 나서 알았을 것이다.

어느 순간 직무는 고정화되지 않고 있다. 다른 부서의 일과 우리 팀 일이 딱 떨어지는 시대는 점점 지나고 있다. 많은 분야에서 서로의 일이 겹치고 충돌한다. 회사는 업무의 효율로 이걸 굳이 나누지만 개인의 포트폴리오나 성장을 위해서는 결국 알음알음 서로의 영역에 손을 댈 수밖에 없다. 이런 상황에 조직끼리 통합되는 것은 누구의 스킬과 업무를 우리도 알아야 하고 그 와중에 적응하지 못하는 사람은 자연 도태되는 것을 의미한다. 조직을 움직인다는 것은 신규 사업을 위한 투자도 있지만 상당 수는 사람을 줄이기 위한 포석인 경우가 더 많으니까.

뒤에서 들은 일에 표정 관리하기가 상당히 힘들었다. 결국 없던 일이 되었다는 실체를 알기는 했지만 영 씁쓸하다. 파편화된 사무실에서 나와 팀원들 사이도 언제든 헤어질 수 있는 개인 대 개인일 뿐이다. 예전과 같은 끌어주고 밀어주는 낭만의 시대는 더 이상 자리가 없는 것 같다. 서로 정보를 주고받는 효용이 얼마나 있는지, 그 사람이 내게 얼마나 새로운 기술을 알려줄 수 있는지가 관계의 대부분을 설명한다.

나도 내 편을 만든다

이번 사건의 원인을 생각해볼 때 일만 해서 그렇다는 생각을 지울 수가 없다. 나도 내 정보망을 만들고 내 것을 주는 식으로 정보를 교환할 수밖에 없다. 일단 우리 팀이다. 상사는 모든 것을 내게 알려주지 않기에 상사의 생각을 알려면 90년대생과 손잡을 수밖에 없다. 예전보다 내가 아는 것을 더 털어놓고 나눠줘야 나도 정보를 얻을 수 있다.

사실 다른 팀에도 모두에게 공유하지 말라는 사항까지 팀원들에게 알려주는 팀장이 있다. 그 팀 사람들에게 소식을 들은 팀원이 어느 날 내게 와서 왜 그걸 알려주지 않았냐고 물어보면 나는 뭐라고 이야기해야 하나. 이런 일을 몇 번 겪고 나니 내가 먼저 정보를 풀 수밖에 없다는 생각을 했다. 내 편을 만드는 방법은 감옥 안에 있는 죄수의 딜레마와 같이 먼저 불어버리는 수밖에 없는 것이다.

위에서 나오는 정황이나 아직 100% 확정되지 않은 일도 아직 확실하지는 않다고 말해주면서 모두 설명하기 시작했다. 하나씩 꼼꼼하게 설명하니 다들 눈이 커진다. 예전에는 안 그랬던 사람이 왜 그러나 싶기도 한 표정이지만 대부분은 이렇게 알게 되어서 좋다고 말한다. 그리고 그들도 자신들이 갖고 있는 것을 풀어놓는다. 이 중 몇 개는 내가 오늘 알려준 이야기를 이미 알고 있는 상태여서 얹혀서 나눠주는 일도 많다.

내 좁은 정보력에 머쓱하지만 그래도 서로 신뢰하고 나누는 사이가 된 것 같다. 팀장과 팀원이 아니라 정말 신뢰로 같이 가는 관계라고 혼자 생각했다. 소문은 조직 안에서 빨리 돈다. 누가 누구에게 한 이야기, 어르신들만 참석한 회의의 내용까지 내려온다. 내 또래 팀장들은 저마다 생각들이 있겠지만 대부분은 이렇게 정보를 모으고 남보다 더 빨리 다음을 준비한다. 미리 깔아놓는 포석들. 무한 경쟁이 벌어지고 있다.

하지만 먼저 털어놓은 정보가 출처와 함께 상사의 귀에 들어가면 곤란하다. 이걸 듣게 된다면 누가 이야기한 것으로 여길까 하는 생각을 늘 하면서 정보를 내주어야 나도 나갈 공간이 생긴다. 그걸 들은 사람이 나 혼자라면, 그 소식을 어디서 들었을 때 가장 먼저 생각날 사람도 나일 테니까.

보안은 카르텔의 생명이다. 상사가 한 말을 팀에 전할 때 디테일까지 말하지 않는다. 뉘앙스와 주제만 이야기하지 세부적인 이야기를 하면 누가 말했는지 식별되는 경우가 많다. 내게만 말한 특이점이나 평소 내가 흘리고 다니는 말버릇이 묻어버리면 보안은 깨진다.

"다음 달 정도에 조직 개편이 있으니까, 이번 회의 때 나온 프로젝트 우리가 한다고 생각하고 준비해봐요."

상사가 이런 이야기를 했는데 가만히 있을 수는 없다. 벌어질 일을 미리 준비해야지. 그런데 일은 혼자만 할 수 있는 게 아니다. 당연히 팀에서 이 일에 적합한 사람에게 디테일을 털어놓는다. 그 프로젝트 이야기만 할 수도 있고 조직 개편 이야기까지도 할 수 있다. 둘 다 보안 사항처럼 들리지만 조직 개편만 실제적인 보안 사항이며, 사실 이마저도 나의 카르텔에게는 재량껏 이야기할 수 있다.

"이번에 위에서 말한 프로젝트 준비를 미리 좀 해야 할 것 같아요. 뭐 언젠가 우리 팀이 전담할 수도 있는 일이니까요."

이 정도로 말하는 게 내가 취한 자세다. 아니면 정황상 조직 개편 이야기가 다른 사람에게도 알려졌다고 생각되면 더 많이 털어놓는다.

"이번에 조직 개편이 있을 수도 있는데 하게 된다면 우리가 이 프로젝트를 전담하게 될 거 같아요. 이번에 시간 날 때 준비해봐요. 대신 개편 이야기는 일을 미리 준비해야 하니 분위기만 공유하는 거지 확정 사항이 아니라 이야기하는 건 좀 그럴 것 같아요."

먼저 더 많은 정보를 나누는 것은 끼인 세대가 가진 카르텔의 도구다. 속을 털어놓을 테니 배신하지 말라고 스스로의 라인을 만들어 나가는 것. 어차피 평가가 가능한 위치라 밀어주는 친구에게 더 많은 성과급을 주고 승진의 기회를 줄 권한이 있는 게 아니라면 현실적으로 줄 수 있는 메리트는 이런 것 정도니까. 꼰대들은 각종 자리와 평가, 보상으로 자기 사람을 키우지만 그럴 수 없는 낀대는 정보와 성과가 예상되는 일을 누구에게 배분하고 내 경험과 기술을 공유하느냐 그렇지 않느냐의 무기를 들고 있을 뿐이다.

요즘 친구들은 이런 뉘앙스의 말을 잘 알아듣는다. 마치 RPG 게임을 하듯 이 퀘스트를 어떻게 간직해야 하는지 머리가 빠르다. 대부분의 카르텔은 한두 명 꿀벌 같은 전파자를 통해 다른 카르텔과 연동되고 이해에 따라 더 큰 카르텔이 생겨난다. 갑자기 사무실에서는 안 보이던 조합으로 복도에 나타나고 커피를 마시고 있다면 보이지 않는 실제적인 조직이 만들어지고 움직이고 있다는 사실이다. 누가 누구랑 자주 다니는지 끼인 세대가 꼰대처럼 앉아서 보고 있는 이유이기도 할 것이다.

이제 나는 어떻게 살아야 할까

계급장 떼고
노후 준비

이건 비밀인데

나이가 들면서 좋아진 점 중 하나는 예전보다 조금은 삶을 여유롭게 볼 수 있는 눈이 생겼다는 것이다. 어떻게 보면 '왜 살고 있는지'라는 영원한 질문에 좀 더 눈을 뜨게 된 것일 수도 있다. 초조하고 바쁘기만 했던 맹목적인 지난 날들을 떠올리며 피식 웃거나 이불킥 하면서 지나갈 수 있는 것은 지난 시간이 헛되지 않았음을 방증하는 것은 아닐까.

회사 생활도 그렇다. 나름 끼인 세대로 살아가고 있지만 끼인

게 답답해서 뛰쳐나와야겠다는 생각은 없다. 끼어서 답답하기보다는 그냥 전체적인 상황이 답답한 것이다. 다른 곳으로 뛰쳐나가도 끼인 세대의 역할은 피할 수 없다. 조금 더하고 덜하고의 차이가 있을 뿐 어딜 가나 상사도 아니고 실무자도 아닌 상태가 이어진다. 스타트업으로 이직한 친구도 거기 가면 실무를 오롯이 다할 줄 알았지만 결국 바라는 역할이나 생존을 위해 끼인 역할을 자처하고 있었다. 이제 끼인 것은 체념을 넘어 그 속에서 의미를 발견하거나 아니면 그냥 의미 따위는 모르는 채로 유유히 살아가야 할 뿐이다.

여유는 기존의 관계를 다시 정립하게 만든다. 아직 사바사바하며 사는 직장인도 있겠지만 낀대 대다수는 회사가 절대적이지 않다는 것을 하루하루 체감하고 있다. 회사가 크다고 내가 큰 것도 아니고 회사가 망할 것 같지 않다고 내가 망하지 않는 것도 아니었으니까. 외려 회사들이 망하고 크지 못하는 일이 더 많은 요즘 아닌가. 전에는 우러러 보이기만 했던 꼰대들도 돌아보면 그냥 고집 센 늙은이에 불과해 보인다. 선배의 후광은 처음부터 없었던 것인지 스스로를 돌아보게 되는 시간이다.

어느 날 옥상에서 마냥 꼰대라고 생각했던 선배와 이야기할 기회가 있었다. 윗사람이 하는 말이라면 모든 걸 다 내놓을 것처럼 말하고 다니면서 아랫 사람에게 일을 해오라고 떠넘기는 꼰대. 오직 연명과 승진에만 매달려 있는 스타일이라 마냥 충성, 충성 하면서 회사에 다닐 줄 알았다.

"내가 요즘 사업 아이템 하나 생각하고 있는 거 있는데 한 번 들어볼래?"

아직 무르익지 않았고 생각의 정리가 필요하다고 하면서 사무실에서는 보기 힘든 미소가 얼굴을 떠나지 않았다. 그러면서도 살짝 그늘진 얼굴로 이제 회사 생활을 얼마나 할 수 있겠냐는 푸념과 본격적으로 그 다음을 준비해야 하지 않겠냐는 말을 잇는다. 언젠가 함께 일해보자는 이야기를 슬그머니 하면서 말이다. 앞에서 충성, 충성 하면서 회사를 다니든 무표정하게 앉아 있다가 집으로 퇴근하든 꼰대들은 이미 초조하다. 같은 건물 엘리베이터에 함께 탄 사람들을 보면 꼰대 나이 또래 사람은 별로 없다. 그들도 안다.

그렇지만 이미 실무를 놓은 지 오래된 꼰대는 혼자 힘으로 뭔가를 할 여지가 별로 없다. 엄청난 노력이 필요한 것이지만 이미 인풋을 하기에는 관성이 너무나도 크다. 그러니 다니는 회사 안에서 답을 찾을 수밖에. 과장, 대리는 함께 미래를 도모해보자고 이야기할 수 있는 최고의 네트워크다.

너와 나, 우리

어느 순간 비밀 이야기를 함께 나눌 수 있는 동반자관계로 재정립되면 갑자기 상사와 부하관계 같은 고전적인 관계들이 전복된다. 한때 직속 상사였던 사람과 한동안 사업 이야기를 한 적이 있다. 오랜 시간 동안 어떻게 새로운 아이템으로 회사를 떠나 새로운 삶을 개척할지 저녁마다 만나서 이야기를 했다.

예전의 직급이나 자리의 무게가 걷히고 오직 실력으로만 서로를 보게 되자 묘한 감정이 생겼다. 비즈니스 앞에서 선배, 후배는 중요하지 않다고 처음부터 느낀 사람도 있었을 테지만 비교적 주입식 교육을 잘해낸 나의 세계에서는 껍질을 깨고 나오는 기분이었다. 사회 생활에서 나는 어떻게 살아야 할 것인지 사람들 사이의 관계를 진지하게 정리하는 기분이 들었다.

우리는 어쩌면 처음 사회 생활을 시작할 때부터 무엇인가 되고자 하는 것이 없었던 것은 아닐까. 끼인 역할이 되고 나서야 그게 없다는 걸 알게 되었고 단순히 직렬로 살아왔던 인생을 돌아보며 귀납적으로 자신의 자리와 꿈을 늦게나마 찾고 있는 것 같다. 같은 배를 탄 사람들은 모두 이런 생각을 마주한 사람들이었다. 올라가다가 더 올라갈 수도 없다는 걸 알게 되면서 나는 뭘 해야 하는지, 실은 뭘 좋아하는지도 모른 채 늦게나마 그 사실을 자각해서 다행인 사람들.

사업을 하자고 만난 대부분의 시간이 삶의 지향점이나 새로운 궤적에 관한 이야기들로 채워졌다. 사실 누군가에게 사업 이야기가 아닌 내 생활을 뭐라도 이야기하고 싶은 마음이 이 자리를 길게 끌어온 것 같다. 새로운 사업은 잘 진행되지 않았다. 너무 비슷한 환경에서 일했기 때문에 새로운 역량을 보충할 여지가 없었다. 역할 중복이 되는 셈이었다. 하지만 이때 나눈 시간이 회사 생활을 넘어 사회 생활에서 든든한 형과 동생을 만난 것 같아 오래 기억에 남는다. 굳이 지금이 아니더라도 언젠가 같이 한 번 일해보고 싶은 사람으로 생각하면서 말이다.

유명해지면 그만둔대?

꼰대들은 후배들이 회사 담을 넘어 활동하는 것을 극도로 싫어한다. 개인 브랜딩의 시대라고 하지만 꼰대들은 임원이 외부에 출연하는 것은 존경하면서도 후배들이 어디 가서 발표라도 하면 몸서리를 친다. 사실 그 꼰대들도 미래에는 회사 딱지를 가슴에서 떼고 이름 몇 자로 살아갈 걸 알면서도 관성과 막연한 희망으로 그냥 그렇게 있는 게 아니었던가.

유명한 글로벌 기업 컨퍼런스에 다른 팀 후배가 작게나마 발표할 일이 생겼다. 우리 또래들은 대단하다고 생각했다. 오히려 이런 커뮤니티 활동을 많이 하지 않은 스스로를 돌아보기도 했다. 실제로 일도 발표 내용만큼 잘하는 친구였고 누가 봐도 회사의 비전보다 개인의 비전이 더 큰 친구처럼 보였다.

"그런데 저렇게 외부에 발표하는 거 좀 별로지 않나."

점심 먹고 빨리 올라온 텅 빈 사무실에서 몇 년 선배가 잔뜩 찌푸린 표정으로 나를 보며 한마디 한다. 보수적인 선배, 인풋에 비해 아웃풋이 적은 유형의 이 선배는 까마득한 후배의 회사 외부 활동이 탐탁치 않다.

"예전부터 외부에서 발표하면 다 회사 그만두던데. 저거 그냥 혼자 유명해져서 다른 회사 갈 때 쓰려고 하는 거야."

개인 브랜딩 근처는 바라지도 않았지만 그래도 뭔가 해보는 게 그렇게 나쁜 일이며, 이직을 한다 해도 그게 그렇게 싫어할 일인가. 요즘 친구들은 회사와 나는 다르고 개인 사업자처럼 살아간다고 생각하지만 선배들은 나와 회사를 구분하지 않으려 한다. 회사가 나를 괴롭히거나 평가가 안 좋을 때만 쏙 빼고 말이다.

외부 활동을 안 좋게 보는 선배는 한둘이 아니었다. 의외로 많은 사람이 아니꼬운 눈초리로 지켜보고 있었다. 누구보다 야근을 많이 하고 웃으면서 주변 사람들을 챙겨주는 후배였기에 직접적으로 앞에서 타박하는 선배는 없었다. 발표는 훌륭했고 비아냥대던 선배들의 말처럼 그 친구는 이후 1년이 채안 된 시점에 다른 회사로 이직했다.

무엇이 먼저고 무엇이 나중일까. 발표가 먼저였을까, 주변의 눈초리가 먼저였을까. 어차피 품어주지 못할 조직이라면 발표와 상관없이 그만두는 것이 서로를 위해 좋은 방법이었을 것이다. 사실 조직은 훌륭한 직원을 잃어도 후회하지 않는 경우가 많다. 정말 중요한 게 무엇인지 모르기에.

나이 들어 창업하고 다른 회사로 옮겨갈지만 생각하는 선배들은 어쩌면 개인 브랜딩이 하기 싫다기보다는 편하게 살고 싶어서 이런 문화를 이해조차 하지 않으려는 게 아닐까. SNS에서 여전히 활기차게 살고 있는 퇴사한 후배와 오늘도 투덜거리면서 주변만 살피는 선배의 얼굴이 오버랩되면서 전통적인 OLD와 새로운 방향의 NEW가 구분되는 것 같다. 뉴 노멀은 이미 만들어지고 있다.

유튜브는 당연한 것

모이면 늘 이야기하는 것들이 있다. 한때는 비트코인이었고 한때는 미국 주식이었다. 공통적으로는 이때나 그때나 모두 유튜브 이야기를 하고 있다. 회사 직원 중에서 유튜브 계정을 열어 꽤 많은 구독자와 조회 수가 나오는 걸 이야기하면서 부러워하고 있다.

마치 아파트를 몇 년간 못 샀거나 우량주 몇 개를 왜 이것밖에 안 샀는지 후회하듯이, 유튜브를 하지 않고 있는 내 모습도 몇 년간 모두의 입에서 후회의 단골 손님이 되었다. 유튜브 방송을 하고 싶어 하는 이유는 대부분 로또 당첨과 같다. 회사를 그만두는 것. 돈을 많이 벌어 은퇴 걱정 없는 경제력을 구축하는 것이다. 그래서 다들 내가 뭘 가지고 유튜브를 할 건지 이야기하고 추천한다.

어제 잘못 플레이팅한 음식 이야기부터 캠핑 장비를 새로 사서 언박싱한 이야기, 육아하면서 핫플레이스를 골라 다닌 이야기까지 월요일 수다는 그치지 않는다. 한참 이야기하다 최근에 본 유튜브 이야기를 하면서 방금 말한 주제로 어떻게 돈을 버는 콘텐츠를 만들지 막연한 장래희망 같은 수준으로 이야기를 나눈다.

그렇지만 누군가는 진짜 했다. 누가 보든 안 보든 주기적으로 만들어 올렸다. 생각보다 오랜 끈기와 일관성이 소소한 구독자를 만들어냈고 이제는 누군가의 부러움의 대상이 되었다.

요즘 친구들은 입사 전부터 혹은 입사 후에도 계속해서 개인 브랜딩을 유지하며 어딘가에서 유튜버로, 강사로, 작가로 살아가고 있다. 어렵게만 생각하는 꼰대들이 노후 준비하기 좋은 소스지만 들을 귀가 없다. 우리 같은 사람들은 두 세대를 다 보면서 이런 걸 느끼지만. 우리도 언젠가는 이걸 듣다가 이렇게 시간만 흘려보내기도 하겠지? 지금부터라도 뜸했던 블로그를 열어본다.

어떤 친구는 회사 취업 규칙도 찾아본다. 이게 회사 생활에 문제가 될까 싶어서 강연과 저술이 어떻게 해석될지 혼자 연구하고 문제없음을 확인하고 나서야 자기가 하고 있는 일을 오픈하기 시작했다. 워낙 똑똑한 친구라 잘 어울린다는 생각이 들었다. 회사 일도 혼자 잘하는 스타일이라 태클을 거는 사람은 없었다. 입사하고 존재조차 몰랐던 취업 규칙을 나도 한 번 읽어본 시간이었다.

회사와 우리는 한계가 명확히 있다. 우리는 이제 그걸 안다. 회사는 우리 생각보다 빨리 무너지지는 않을 것이다. 준비는

우리에게 더 급한 것이다. 회사 일을 하면서 하루를 보내는 것 이상으로 나는 나를 위해 어떤 하루를 보낸 것일까. 국민연금 수령을 기대하는 것은 아니지만 어느 날부터인가 생각보다 길어만 보이는 은퇴 이후의 시간이 마음에 걸린다.

네트워크, 개인 브랜딩, 생산자

직장인의 성공?

퇴임한 임원이 자신의 페이스북에 올린 글을 본 적이 있다. 직장인의 성공이 별 거 있겠느냐며, 성공의 척도는 퇴사한 다음 계속 연락할 사람이 얼마나 되느냐로 볼 수 있다는 말이었다. 물론 임원까지 하고 여유로운 삶을 산 사람이니 이 말의 보이지 않는 전제가 있겠지만 공감가는 부분이 있었다.

직장 생활 10년 전후의 끼인 세대가 되면 사회 생활이 무엇일까 하는 생각을 종종 하게 된다. 이제는 회사 동료들이 이직도 많이 해서 예전처럼 공고한 네트워크를 쌓는 것이 쉬운 일만은 아니다. 그럼에도 불구하고 틈틈이 만나서 저녁을 나누는 것은 이 사람들이 나의 추억이기도 하고 또 미래이기도 하다는 생각 때문이다.

단순히 돌아가고 있는 일에 대해 발설할 사람이 필요하기도 하고, 여러 조각을 모아 우리가 몰랐던 사건의 배후를 입체적으로 정리하는 단서로 사람이 필요할 때도 있지만, 그보다 큰 것은 미래의 변화를 이 사람들이 만들 수도 있다는 가능성 때문이다. 회사 교육을 가보면 연차에 따라 장면이 달라진다. 한 5년 차까지는 풋풋함과 치열함이 감돈다. 더 눈에 띄기 위한 나름의 경쟁도 있고 그 속에서 호불호가 갈리기도 한다.

회사는 어떤 생각을 갖고 있는지, 나와 같이 일하는 사람들의 수준과 생각은 어떤지 간을 보는 용도로 쓰기도 한다. 가끔 20년 차 정도의 선배를 교육에서 볼 때도 있다. 그들은 모이면 회한이 주된 주제다. 내가 뭘 했는데 나를 이렇게 아직도 피곤하게 대접하느냐는 서운함도 한 켠에 있고 나름 영광의 시간에 대해 회상하기도 한다. 그들은 대부분 놓인 자리에 연연하기보다는 앞으로 얼마나 더 버틸 구석이 있는지 남은 힘을 다해 합종연횡할 계획을 세운다. 매우 현실적이기에 매우 꼰대적이다.

우리 연차 정도 친구들은 모이면 이직 이야기로 바쁘다. 누가 어떤 대접을 받고 어디로 갔다는 이야기나 어디 가서 제대로 자리 잡고 여기 있을 때보다 잘살고 있다는 이야기들이 마치 로버트 프로스트의 《가지 않은 길》처럼 남아있는 우리의 머리를 채운다. 더 발이 넓은 사람은 그게 자산임을 알고 정보를 꼭 쥐고 있기도 하고 자신이 빅 마우스임을 자랑하기 위해 일부러 떠벌리기도 한다. 신중한 성격은 가만히 듣다가 필요한 정보를 교환하기도 한다.

주기적으로 진행되는 교육을 몇 차례 받고 나면 알던 사람들은 하나씩 사라진다. 우리는 저녁에 어딘가에서 다시 모여 이야기를 나누지만 회사 업무 시간에 볼 수 있는 사람은 점점 줄어드는 게 현실이다. 가장 흔한 이야기는 누가 누구를 따라 회사를 이직한 이야기다. 무수한 케이스가 머릿속에 쌓인다. 새로 생긴 스타트업을 겁 없이 따라나서기도 하고 대기업으로 이직한 선배가 끌어줘서 같은 팀으로 옮겨가기도 한다.

꼭 회사 선배가 아니더라도 외부 커뮤니티에서 만난 사람을 따라 이직한 케이스도 적지 않다. 누가 한국 사회에서 학연, 지연, 혈연이 무색한 사회가 되어가고 있다고 했나. 내가 보기에 인맥은 점점 더 강화되고 있다.

공채가 줄어들고 있는 것은 모두가 알고 있는 사실이다. 신입과 공채는 사실 모두에게 그나마 열린 문이었다. 이제는 수시 채용에 경력직이 이직 시장을 주도하고 있다. 철저한 네트워킹 사회. 지인의 지인을 따라 새로운 사람을 만나 인생의 새로운 가능성을 걸어보는 마이크로 크레딧 네트워크가 사회를 쥐고 있다.

다이어리에 꽉 찬 저녁 일정

새해가 들어 나도 바뀐 게 하나 있다. 뒤늦게나마 인맥을 관리해볼까 하는 생각이다. 사람 만나는 것을 좋아하는 성격은 아니라 저녁 약속을 거의 잡지 않고 살았다. 그게 그리 중요한 것이라 생각하지도 않았고 인맥을 통해 어디로 가서 잘 된 것을 보는 것도 썩 유쾌하지 않았으니. 하지만 시간이 갈수록 사회의 변화는 매우 느리고 바뀌려 하지 않는다는 것도 알게 되어 인맥 관리가 결국 중년의 핵심이지 않을까 생각해보게 되었다.

고마운 선배나 함께 고생한 동료들부터 약속을 잡기 시작했다. 어느덧 다이어리에 빽빽하게 들어찬 저녁 약속들. 자세를 바꾸는 것은 중요한 모멘텀이라는 생각을 해본다. 이 과정에서 좋은 이직 제안을 받아보기도 했고 사업 구상을 하는 사람들을 만나기도 했으며 함께 콘텐츠 제작을 해보자는 모임에도 참여하게 되었다. 점점 더 회사 밖의 나를 만들어갈수록 회사 안에서도 자신감이 생기기 시작한 것은 아이러니다.

오늘만 사는 사람처럼 일하는 것이 부러워보였지만 오늘만 살면 내일부터는 뭐 해먹고 사는지 항상 불안했던 차에 내일은 내가 따로 만들어야 함을 알게 되었다. 자신의 모습에 어울리는 모습으로. 후배들이 유튜브를 알아보고 선배들이 마냥 술만 마시고 있을 때 회사 밖 내 캐릭터를 마치 부캐를 키운다는 생각으로 만들어간다.

중요한 것은 회사의 취업 규칙을 거스르지 않는 선에서 소액이나마 부지런히 돈을 버는 것이겠지. 회사에서 더 주도적으로 혁신적인 발언을 하는 것도 이것만이 길은 아니라는 생각에서일 것이다. 여유로운 사람들이나 창조적인 예술가 혹은 과학자들의 이야기에서 답을 찾을 수도 있지 않을까 하는 생각을 해본다.

나의 노력, 생산자

우리는 뒤늦게나마 개인 브랜딩에 뛰어들려는 사람들이다. 신입 사원들처럼 개인 브랜딩이 몸에 익은 문화 속에 살지도 못했고 선배들처럼 회사 내에서 얄밉게 회사 브랜딩으로 자리 보존할 생각도 없다. 나로 살아가기만을 원할 뿐이다. 나는 글을 썼다. 카카오 브런치 서비스에 글을 쓰는 것으로 개인 브랜딩에 뛰어들었다. 말도 잘 못하고 디자인도 잘 못하는 내게 브런치 서비스는 의외로 잘 맞았다. 하고 싶은 이야기를 글로 남기면서 사회 안에서의 내 자리를 만들고 싶었다.

처음에는 하루에 하나씩 글을 썼다. 매일 글을 올리니까 조회 수가 많이 늘었다. 그렇게 반 년 정도 글을 쓰니까 좀 지치기도 했고 너무 너저분한 것 같았다. 모아서 책을 만들 생각을 했다. 어느 출판사 편집자와 이야기를 하면서 책을 쓰는 것이 좋은 개인 브랜딩 방법 중 하나라는 이야기를 들었다. 책으로의 인세 수입보다는 출간 이후 할 수 있는 일의 범위가 달라진다는 이야기를 들었다. 강연이 들어오고 강연 수입으로 살아갈 계기를 만날 수도 있고, 한 권을 쓰면 연쇄적으로 책을 쓸 기회가 올 수도 있다고 했다.

반 년 이상 책을 쓰는 데 매달렸다. 퇴근하고 나서나 주말에 체력을 담보잡아 글을 썼다. 인생 이모작을 하는 방법이 어딘가 소속되는 게 아니라는 것을 찾아야 했으니까. 그렇게 지루하고 어려운 시간을 보내며 정리한 초고를 근 쉰 군데 출판사에 투고했다. 그러나 좋다 싫다 연락이 온 출판사는 열 곳도 되지 않았다. 다행히도 운 좋게 주제가 마음에 든다는 출판사를 만나 다시 전체적으로 초고를 수정하는데 반 년의 시간을 보냈다. 책을 위한 글을 쓰는 것은 또 다른 일이었다.

그렇게 세상에 나온 책은 내가 가장 잘 말할 수 있는 유니크한 주제였다. 하지만 많이 팔리지는 않았다. 앱 스토어에서 많이 다운로드되는 애플리케이션과 음원 차트 상위에 올라가는 것이 얼마나 어려운 일이고 무엇을 해야 하는지를 알게 된 시간이었다. 그렇게 개인 브랜딩이 끝나가나 싶었다. 그런데 그 점이 새로운 점을 연결시켰다.

책의 판매량도 중요하지만 결정적인 것은 아니었다. 책을 읽어 본 사람이 강연 요청을 하기 시작했다. 공공기관부터 기업까지 다양한 곳에서 강연 제의가 들어왔다. 같이 아티클을 써 보자는 제안도 자주 있었다. 한 편을 쓸 때마다 소소하지만 고마운 소득이 들어왔다. 책을 통해 새로운 사람들도 만날 수 있었다. 책을 썼다는 것만으로 내 소개가 되는 경험은 새로웠다. 어디 다니는 누구에서 무슨 일을 하는 누구로 바뀌는 과정이었다.

주변을 돌아보면 개인 브랜딩을 생각하고는 있지만 실제로 시도하지 않는 또래들이 많다. 커피를 마시거나 술을 마시거나 개인 브랜딩 이야기는 좀처럼 식지 않는다. 그렇지만 대부분은 여전히 배운다. 책을 읽고 악기를 배우고 클래스에서 뭔가 만드는 것을 수강한다. 우리는 배우는 민족이니까 배움은 늘 아름답고 박수받을 만한 일이다. 그런데 한 번쯤 다르게 생각해보면 어떨까. 배우는 것에 더 이상 시간을 쓰지 않기로. 내가 생산자가 되어보는 것으로 전환하는 것 말이다.

책을 쓰는 것은 누가 알아주거나 알아주지 않거나 꾸준히 생산하는 일이다. 콘텐츠를 생산하는 것이다. 한국에서는 아주 저렴한 가격에 얻을 수 있는 콘텐츠지만 말이다. 우리는 대부분의 수입을 생산하는 것에서 얻고 있다. 물건이고 서비스고 보고서인 차이는 있지만 회사에서 주로 생산을 한다. 집에서 하는 생산은 결국 집에서 소비하는 게 대부분이기 때문에 그것으로는 개인 브랜딩을 하기에 턱없이 부족하다. 회사가 아닌 곳에서 스스로 소비하지 않는 것을 생산할 생각을 해야 개인 브랜딩을 시작할 수 있다.

그게 꼭 유튜브나 책이 아닐 수도 있다. 자기가 잘하는 것을 하면 된다. 부담스럽지 않은 것. 누군가를 가르칠 수도 있고 배운 것을 토대로 사부작거리면서 만들어 나눠주는 것부터 시작할 수도 있다. 중요한 것은 실천하는 것이니까. '갑'으로 기입된 계약서는 늘 '을'로만 기재된 연봉 계약서를 작성할 때와는 다른 감정을 갖게 만든다.

생산자의 네트워크

생산자가 되면 생산자들의 네트워크에 진입할 수 있다. 배우는 사람은 배우는 사람들의 네트워크를 벗어나기 힘들지만 만들기 시작하면 같이 만드는 사람을 찾기가 수월하다. 함께 만들 수도 있고 만드는 것에 대한 정보도 얻을 수 있다. 만들려고 마음먹은 사람들과 함께 있다는 것 자체가 계속 새로운 기회를 도모할 수 있는 가능성이 높아지는 것을 의미한다. 우리는 '배우자!'라는 메시지로 돈을 버는 사람에게 일생을 소비하면서 살고 있는 경우가 많다. 이제는 거기에서 빠져나오는 것이 맞을 나이다.

생산자 네트워크에서 알게 된 좋은 점 중 하나는 더 이상 끼였다고 생각할 필요가 없다는 것이다. 나는 회사에서나 끼인 세대였지 사회에서는 아직 충분히 젊다. 회사는 정년 비슷하게도 올라가지 못하게끔 조직을 짜두고 실제 실무를 더 할 수 있음에도 관리를 맡기며 젊은 노인을 만든다. 기술만으로 계속 회사 생활을 할 수 있는 몇 안 되는 회사들을 제외하고는 회사에서 강제로 끼인 자리를 요구 받으며 하루하루 스트레스를 받고 있다. 그게 이 책이 줄곧 말하고 있는 내용이다. 그렇지만 생산자 네트워크에는 끼이고 치이는 것이 없다. 완전한 자유 상태다.

내가 할 수 있는 일을 하는 것 외에 다른 요소가 지배할 수 없다. 나를 바라보는 내 안의 편견에서 자유로워질 수 있다. 물론 벌이가 되고 독립할 수 있는 것은 차후의 문제다. 그렇지만 관점을 전복시키는 것에서 나는 모멘텀을 얻는다. 한때 회사에서 잘나가던 사람들이 떠밀리듯 정말 PC방 사장님이 되고 토스트 가게 사장님이 되었다. 누구는 택시를 몰았고 어떤 사람은 프랜차이즈 가게를 창업했다. 그게 나쁘다는 것은 아니다. 그렇지만 한 번은 내게도 중간 정산할 기회를 주어야 한다는 생각이 들었다.

어떤 임원이 회사를 다니면서 중고차 딜러로 일하다가 갑자기 일을 그만두고 부동산 거래만 전문으로 하는 사업자가 되는 것을 보면서 중간 정산을 통해 회사 밖 생산자가 되는 모습이 생소했었다. 그렇지만 모두가 자신이 잘하고 잘 아는 것으로 새로운 개념의 사회 구성원이 될 필요가 있겠다는 생각을 하면서 그들이 대단해 보였다. 이제는 누구든 이 고민에서 자유로울 수 없지만 누구나 모색할 생각은 하지 않으니까.

오래된
숙제하기

정글, 또 다른 정글

꼭 이직을 해야만 답이 있는 것은 아니다. 회사를 그만두어야 출구가 있는 것도 아니다. 며칠 회사를 쉬면서 이직이 답이 아니라 그냥 회사를 안 다니는 게 답이라는 생각이 들었다. 잔잔한 바다를 바라보면서 매일 피곤에 절어 시간이 흘러가는 게 너무나 아까웠다. 월요병이 아닌 은퇴병이 걸린 것처럼 모든 것이 하기 싫었다. 권태기일까.

어차피 다른 직장을 가도 또 다른 정글이 기다리고 있다. 어쩌면 공채 출신이라는 국민 룰의 보호가 사라지는 더 난감한 환경이 나를 두 팔 벌려 기다릴지도 모른다. 헤드헌터와 막판까지 이야기하면서 최종 합격을 했어도 막상 경력직 차별이 심하다는 회사 평가를 읽으면 별 차이도 없는 연봉으로 갈 곳은 아니라는 생각에 떨리는 손으로 입사 취소 메일을 보낸 기억도 있다.

성공한 이야기들은 알려지기 쉽지만 아쉽게도 실패한 케이스는 수면 아래에서 올라오지 않는다. 이직한 많은 친구들이 늘 성공하지는 않았다. 사업에 성공할 확률보다는 이직에 성공한 확률이 경험적으로 더 높지만, 이것도 50%가 넘지 않는 막막한 승부이긴 마찬가지다. 자본주의 사회에서 자본가가 아닌 이상 탈출구는 뻔하고 시간은 우리 편이 아닌 것 같다.

물론 지금 있는 회사에서 승부를 보는 것은 몇 가지 가정이 필요하다. 우선 포지션이 좋은 편인가. 지금까지 내 평가와 내가 하는 일이 조직에서 얼마나 핵심적인 위치를 차지하고 있으며 미래 지향적인지가 곧 나에 대한 총체적인 평가다. 이 전제가 충족되어야 여기서 승부를 걸 수 있다고 생각한다.

회사에서 일할 때 가장 필요한 네트워크가 살아 있고 업무 양식과 의사결정에 들어가는 회사 특유의 철학을 이해하고 있다면 못할 것도 없는 일이다. 중요한 것은 남의 돈으로 내 꿈을 펼칠 가능성이 조금이라도 더 높은 상황을 그나마 즐겨야 한다는 것이다. 알든 모르든 회사원으로 사회 생활을 시작한다는 것은 그런 의미가 있으니까. 그걸 너무 늦게 알았다.

메모의 힘

한 선배가 있었다. 주변에서 실력에 비해 인정받지 못한다고 생각하던 사람이었다. 진정성이 넘쳤지만 말 잘하는 사람, 출신 좋은 사람들에 치여 적절한 기회를 부여받기까지 많은 시간이 걸렸다. 그 선배가 뭔가 실적과 비슷한 것이라도 시도해볼 수 있는 상황은 꽤 오랜 시간이 지나서야 이루어졌다.

남의 돈으로 내 꿈을 펼칠 수 있는 기회가 회사 생활, 넓게 보면 투자를 받아 운영하는 기업에서 일어나는 실체라면 우리는 무슨 꿈을 꾸고 있나. 사실 별다른 꿈이 없어서 오히려 승진이 독이 되는 경우도 있다. 이 정도 연차에서 흔하게 벌어지는 일이다. 연봉 상승으로 기분은 좋지만 조직에서 주어지는 무게가 어느 날 만만치 않게 느껴진다. 준비된 게 없기 때문에 무엇을 해야 할지 모른다.

그 선배는 늘 뭔가를 적었다. 누가 인정해주지 않을 때부터 항상 작은 메모지에 뭔가를 적었다. 나중에는 에버노트, 원노트에다 적었고 잘 적기 위해서 태블릿과 접이식 블루투스 키보드도 끼고 다녔다. 누구도 알아주지 않았지만 회사에서 일어나고 있는 일을 적는 것 같았다.

"뭘 그렇게 적어요? 요즘 특히 더 쓰시는 거 같은데…"

누가 물어보기라도 하면 특유의 사람 좋은 웃음으로 대답했다.

"응. 별 거 아냐. 오늘 있었던 일 쓰는 거야."

이런 단순한 대답과는 달리 한 번 훑어보니 복잡한 내용 투성이었다. 간단히 말하면 현재 회사의 불만과 변화 방법을 자기가 생각하는 대로 쓰고 있었다. 이 프로세스는 어떻게 바꾸면 좋을지, 고객이 바뀌고 있는데 어떻게 사업 모델을 고치면 좋을지 나름의 생각으로 꾸준히 쓰고 있었던 것이다. 주변에서는 냉소적인 시각이 많았다. 그걸 써봤자 회사가 달라지기는 하냐는 것과 그냥 쓰기 좋아하고 새로운 IT 기기 사는 걸 좋아하는 일종의 허세라고 생각하는 사람들도 있었다.

하긴 누가 봐도 이걸 쓰는 것 다음에 이어질 뭔가가 없었다. 마땅히 의사결정을 할 수 있는 입장에 있는 것도 아니고, 당시만 해도 위에서는 탐탁하게 생각하지 않았으니까. 시간이 지나면서 자리를 차지하고 있던 사람들이 하나둘 나갔다. 회사를 떠나면서 공백이 생기기 시작했고 그 선배에게도 기회가 주어졌다. 어느 날 갑자기 변방에서 중요한 자리로 옮겨가게 되었다. 팀장급의 연차에서 종종 벌어지는 일이다.

새로 리더가 되면서 처음에는 능력을 의심하는 사람들이 많았다. 이름이 회사 내부에서 알려지지 않았으니 작은 조직이기는 하지만 그걸 잘 이끌 수 있을지 회의적인 시각이 많았다. 길어봤자 1년 예상한다는 이야기도 화장실에서 들어본 적이 있다. 그렇지만 점점 조직을 빠르게 장악하더니 견고한 실적을 내기 시작했다. 주변에서는 의외라는 반응이 많았다. 하지만 그를 잘 아는 사람은 그를 응원하면서 당연한 결과라는 반응이었다. 늘 쓰고 다니는 그 메모가 무엇을 할 것인지, 어떻게 할 것인지 그를 미리 트레이닝시켰기 때문이다.

"그건 오래된 숙제 같은 것이었어. 언젠가는 나도 뭔가 결정할 수 있는 자리에 올라가게 되면 한 번 바꿔보고 싶었어. 좋아서 들어온 회사니까 계속 뭐라고만 하면 나만 힘 빠지는 것같아서. 그래서 그냥 적었던 거야. 예전에 그렇게 하던 선배가 있었거든."

그건 물려받은 오래된 숙제였다. 작게는 인사하지 않고 퇴근하는 것부터 크게는 영업망을 어떻게 변화시킬지까지 빼곡하게 적혀 있던 숙제를 해결한 것이다. 하나씩 그 목록에 있는 제목들을 지워가면서 선배는 오랫동안 하고 싶었던 일을 하나씩 처리하고 있었다.

하지만 모든 것을 다할 수는 없었다. 몇 개는 회사 전체가 바뀌어야 해결 가능한 부분이었으니 아직은 할 수 없는 일이었다. 그 선배는 자기가 하고 싶은 것을 회사라는 조직에서 한번 해보았고 좋은 평판과 경력으로 다른 회사로 이직했다. 회사에 있는 동안 회사를 바뀌나가려고 준비한 좋은 선배였다.

새로움 강박증

다니고 있는 회사에서 승부를 보려면 늘 새로운 것을 준비해야 한다. 회사가 바라는 것은 새로운 사업, 기술, 문화니까. 지금 하고 있는 것을 계속 빨리 잘하는 것에는 큰 관심이 없다. 새롭게 하는 것도 규모가 커야 박수를 받는다. 작은 기술이나 방법론을 고치는 것은 아무도 눈여겨보지 않는다. 그 정도로는 회사에서 승부를 보기 어렵다.

팀장이 되고 나서 회사 교육 주제 대부분은 새로운 시각으로 미래를 바라보는 것이었다. 실무적인 내용은 이제 더 이상 강요하지 않는다. 앞으로의 먹거리를 발굴할 눈을 우리에게서 찾고 있다. 누구는 논문을 읽고 누구는 새로운 사례를 찾아온다. 또 누구는 그 선배처럼 회사에서 있었던 일을 정리해 새로운 방향을 찾으려 한다. 싫든 좋든 지금 회사에서 흐르는 강물은 우리를 폭포인지 잔잔한 강물인지 모를 곳으로 자꾸 몰아가고 있다.

선배 중 하나는 그걸 흡성대법으로 해결하고 있다. 팀원들의 아이디어를 가져와서 자신의 아이디어로 바꾸는 일종의 꼰대질이다. 물론 팀의 아이디어를 모아 좋은 의견을 도출하는 것은 팀장의 퍼포먼스이기도 하지만 그게 누구 아이디어인지는 밝혀줄 필요가 있다. 하지만 주변의 분위기가 내 아이디어로 생각하면 굳이 누가 했는지 드러내지 않는 방식으로 능력 있는 사람이 되려고 하는 사람이 많다.

"오늘 브레인스토밍 해볼까? 한 시간 정도면 돼."

오후에 옆 팀에서 한숨 소리가 들리는 것은 어제 오늘 일이 아니다. 또 아이디어를 빨아들이려고 회의실 한 곳에 옆 팀이 쪼르르 모인다. 가만히 보면 반복되는 회의에서 그 선배가 하는 것은 사회자 역할뿐이다. 쪼아서 아이디어를 받고 정리도 그 팀원이 한다. 이걸 자기가 위에 보고하고는 전체 프로세스는 반복된다.

"경영이란 게 그런 거 아니야?"

같은 팀장으로서 묘하게 그 말에 기대고 싶은 반문을 하지만 대체 그 선배는 무얼 기여하는 걸까. 새로운 아이디어에 강박적으로 매달리는 아직은 수직적인 문화의 회사에서 더 버티고 싶은 심리 이상이 있는 걸까. 늘 머릿속이 회의 때마다 새롭게 포맷되는 그 선배를 보면서, 그리고 알게 모르게 퇴사 면담이 줄을 잇는 그 팀의 팀원을 보면서 할 것과 하지 말아야 할 것에 대해 많은 생각을 하게 되었다.

나는 뭘 준비하고 있을까. 아이디어라고는 조금도 없는 성격에 회사가 이런 곳인 줄도 모르고 주어진 일만 하나씩 해오면서 살았는데 요즘은 조금 버거운 느낌이다. 이렇게 계속 기록하고 읽어 나가면 여기서 승부를 볼 수 있을까. 시간이 갈수록 안정성과 사투를 벌이고 있는 마음속에서 매일 파문이 인다. 여기서 버티거나 다른 곳에서 연명하는 게 인생의 목적이 아닌 것을 알아차릴 때쯤 너무 늙어 있지는 않기를 바라며.

그냥 나로
살아갈래

ESTJ형인가, ISTJ형인가

새삼스레 MBTI가 인기다. 엊그제는 신입 사원이 주변에 자신의 MBTI에 대해 이야기하는 것을 먼 발치에서 들었다. 가끔 보는 텔레비전에서도 남과 나의 MBTI를 이야기하면서 해석하는 내용이 나온다. MBTI 결과로 어떤 사람인지 편하게 알아보면서 MZ 세대는 서로를 알아간다는 내용. 연속적인 스펙트럼을 몇 가지로 규정하는 것에서 우리는 편안함을 느낀다. 나도 복잡한 나를 때로는 간단하게 뭐라고 규정해 말하고 싶다.

나는 ESTJ다. 정확하게는 ESTJ '였다.' 지금은 다소 내성적으로 변한 것 같다. 한 10여 년 전 결과니까 달라졌을 거라고 생각한다. 환경은 개인을 바꾸니까. 환경이 나를 바꾸지 못하는 부분도 있겠지만 살아가다 보면 나는 많이 바뀌어 있다.

매번 다른 역할을 부여받으며 역할극 속에서 나를 잊은 채 또 다른 가면을 쓰고 살아가는 것은 아닐까 생각될 정도다. 나는 그동안 회사나 가정에서 활동적인 것보다는 꼼꼼하게 정의하고 정리하는 역할을 주로 해왔으니 다소 내향적으로 변했을 것이다. 마흔이 되어 가도 MBTI가 변하고 지향점도 매번 달라진다. 분명한 청사진이 있기보다 현재 서 있는 곳에서 바라보는 시선으로 조금씩 목표가 바뀌고 있다. 나는 무얼까?

끼였다는 것의 정의

잠깐 마음을 놓은 사이, 이대로 시간이 흘러가 주길 바라면서 살아가고 있었다. 희망하기로는 정년퇴직까지. 불가능한 미션임을 모르는 바 아니지만 고민 없이 이대로 흘러가 주면 지금 누리는 것을 계속 누리며 예측 가능한 삶을 살 수 있을 것이라 생각했다. 그래서 많이 고민하지 않았고 고민한다 한들 다른 차선으로 끼어들지 않았다. 지금 끼였다고 느끼는 것은 역시 이대로 흘러가길 바라는 모습 이상의 이야기가 아니다.

회사를 다니기 위한 삶은 아니지만 회사를 벗어나면 무엇이 있는 것일까. 이런 질문의 답을 굳이 찾지 않았다. 그냥 선배들이 간 길을 가면 예전에도 있던 자리인 끼인 자리에 도착하게 된다. 알지 못했고 어떻게 대응해야 할지 모르는 애매한 자리. 대학을 졸업해 취직하면 맞게 된다는 나의 정체성 문제를 여기서 한 번 더 보게 된다. 그때는 그래도 손에 쥔 것이라도 작았지.

지금은 조금 더 쥔 것과 기대 근로 연수가 대폭 줄어든 것이 우리를 이 자리에서 맴돌게 하고 있다. 나는 성공을 무엇이라고 정의하는가? 끼인 상태에서 벗어나 위로 올라가면 성공이라 부를 만한 것일까? 그렇다면 지금 끼인 이 자리는 나비를 위한 번데기 정도로 생각하면 되는 것일까? 인생에는 정답이 없다는 것을 늦은 나이에 알게 되는 것처럼 이것 역시 정답을 찾는다면 내 생각보다는 더 늦은 나이일 것이다.

이사하면서 흰 거미가 놀고 있는 옛날 다이어리 몇 권을 발견했다. 상자 속에 모셔둔 다이어리는 항상 이런 용도로 쓰인다. 어디 이사할 때 나타나서 한동안 이삿짐 싸는 걸 늦추는 용도? 지금 돌아보면 손발이 오그라드는 과거도 있지만 그만큼 순수하게 나를 돌아본 시간도 없었다. 내가 되고 싶은 모습과 중요하게 생각하는 가치. 지금의 나를 만드는 데 무의식적으로 작용했던 것들.

신기하게도 인생의 큰 맥락 중 내가 선택할 수 있는 것은 낡은 다이어리에 쓴 몇 년 전 내용과 지금이 일치한다. 다만 끼인 상태를 설명하지 못할 뿐이다. 이 다이어리 어디에도 내가 끼인 채로 살아갈 내용은 적혀 있지 않다. 원대한 꿈만 있을 뿐이지. 나를 다잡고 추구할 대상을 정렬하면서 다이어리는 다시 정리함 속으로 사라진다.

정말 끼여버린 것

언제부턴가 돈을 많이 벌고 싶었다. 그게 목표가 되었다. 다른 사람과 비교하면서 돈을 얼만큼 더 많이 벌까, 혹은 얼만큼 워라밸을 가져갈 수 있을까. 일상에 지친 내가 찾을 수 있는 대안이었다. 카드 값 결제일과 다음 카드 값 결제일 사이, 월급날과 월급날 사이에서 생각이 맴돈다. '버티는 인생만 살다 보면, 자신이 뭘 하고 싶어 이곳에 있는지 점점 알 수 없어진다.' 요시모토 바나나의 《그녀에 대하여》라는 책에 나오는 말이다. 학창 시절 윤리 시간에 들었던 말인데 틀린 게 없다.

'목적과 결과가 혼돈되면 안 된다.' 수학 시간에 들었던 말도 다시 떠오른다. '명제가 참이면 대우도 참이지만, 역과 이는 참이 아닐 수 있다.' 나의 목적이자 나의 명제. 빛 바랜 다이어리에 명문화되어 있던 단어들은 결과와 뒤틀어진 논리식 속에서 분쇄된 기분이다. '버티지 않을 테다.' 그렇지만 '먹고 살아야 한다.' 내가 끼어 있는 본질은 어쩌면 직장 내 세대나 직급 사이에 끼여버린 게 아닌 이 두 가지 명제 사이에 끼여버린 게 아닐까.

예전 회사에서 팀 사람들이 모이면 점심을 얼른 먹고 모바일 게임 같은 것을 하면서 시간을 보내던 때가 있었다. 그 게임만 몇 주째 한 적도 있다. 업무 성과는 잘 나오지 않았고 우리 팀은 탈출구가 필요했다. 너무 큰 부담감이 팀에 자리 잡고 있었는데 어느 날 누가 보여준 모바일 게임이 우리의 탈출구가 되었다.

현실에서 들인 노력에 비해 없었던 성취감을 게임에서는 찾을 수 있었다. 현실에서 잠깐 도피하면서 맛볼 수 있었던 성취감. 한동안 게임을 하면서 두 명제 사이에 끼였다는 것 자체도 잊은 채 살았다.

계속 쓰는 이력서, 내 안의 정리

잘하는 일을 하라, 좋아하는 일을 하라, 선한 일을 하라. 고등

학교 정도 나이에 들어본 말 같다. 내가 들은 원칙 비슷한 직업 선택의 방법은 이 정도 내용뿐이다. 처음부터 지향점을 찾기 위해 진지한 고민을 하는 절대적인 시간은 많지 않았다. 그냥 여기까지 온 것이지. 그냥 먹고 사는 문제로 귀결되고 있는 것도 'What'이 없어서일 거라 생각한다.

언젠가 이력서를 쓸 때, 아주 푼돈 같던 과거의 기억들이 되살아나면서 하나의 선으로 연결되는 경험을 한 적이 있다. 나중에는 특이한 아르바이트 경험까지 찾아내 창작의 괴로움을 마주한 그때 거의 인생에서 유일하게 나를 제대로 돌아보았던 것 같다. 영업직을 선택하지 않고 기획 업무를 하면서 사회 생활을 시작한 건 그때의 결정이었다. 지금 생각하면 나와 잘 맞는 것 같기도 하다.

그런데 살면서 이력서는 계속 업데이트되고 있다. 먹고 사는 문제로 빠지면서 처음과 다소 달라진 흐름, 구불구불한 선으로 이을 수밖에 없는 길이 나타난다. 다시 책상에 앉아 이력서를 수정하는 시간 사이가 길어질수록 내가 마주한 건 설명하기 복잡한 인생이 되어 가는 현실이었다.

일에 지쳐 경력직으로의 이직을 알아보면서 오랜만에 구인구직 사이트에 올린 이력서를 수정했다. 몇 년 전 이력서를 본

것도 그때가 오랜만이었다. 정말 지금의 내가 쓴 게 맞나 싶은 이력서. 빛 바랜 다이어리가 그때 나의 가치를 정리한 것이라면 이력서는 그 실체와 노력이 담겨있는 것이었다. 물론 삶의 영역을 어디까지로 확대해 보느냐에 따라 실체와 노력의 대상은 더 넓어지겠지만 말이다.

요즘은 분기마다 이력서를 한 번씩 업데이트한다. 이직을 하고 싶은 생각도 가슴 한 켠에 있지만 그보다는 어차피 쓸 기운도 없을 내 자서전을 대신한다는 생각으로. 누군가에게는 그게 작품 포트폴리오로 빛나는 친구들로 업데이트되기도 할 것이고, 아이나 반려 동물이 내 업데이트 결과가 되기도 할 것이다.

감정의 스위치를 꺼두면서 상처받지 않기 위해 살았던 내 스위치를 다시 켜고 업데이트된 결과를 마주한다. 여전히 먹고 사는 것과 버티지 않는 것은 충돌하고 있지만 그 자성은 점점 옅어지고 거리는 조금씩 멀어져가는 것 같아 보인다.

휘슬이 울리기까지의 내 역할

여전히 가면을 몇 개씩 쓰고 있다. 역할 갈등을 매번 겪지만 이제는 조금 자유로워지려고 한다. 원래 그런 것이니까. 후배들 일이 늘지 않는다고 내가 조급할 필요도 없고 선배가 갈귀도 언제까지 거기 있겠냐는 생각도 위안을 준다. 부동산이나 주식은 있어도 없어도 고민이란 걸 이제는 알고, 좋은 회사와 좋은 자리가 별개란 것도 안다. 물론 이런 내용 모두는 어느 정도의 상하관계를 띠고 있겠지만.

담담해지기로 마음먹는다. 원래 정답은 없는 것이었다. 정답이 있는 문제만 풀면서 유년기와 청소년기를 보내고 회사에 들어왔다. 정답이 없는 세계에 너무 늦게 눈뜬 것일 뿐. 이제 알게 되었으니 담담해지기로 했다. ESTJ의 나나 ISTJ의 나 역시 모두 나이며 만족스럽다.

이 포인트를 놓치지 않으려고 한다. 나는 정답이 없는 세계에서 유일하게 내 편임을. 데카르트의 성찰까지는 아니더라도 담담한 나는 지금까지 이야기한 일에 한 발 멀찍이 물러서서, 시간을 흘려 보내도 크게 달라지는 것은 없다는 것을 알기에 조금은 무던해진다.

지금의 내 역할을 다할 뿐. 팀장으로서 선배로서 후배로서 아빠로서 아들로서 친구로서 누군가에게는 무명의 작가로서 가면을 쓰는 것은 같지만 그 가면을 쓰고 벗을 때 신중할 뿐. 외부에서 벌어지는 여러 충돌은 충돌의 경계에 있는 나를 돌아봄으로써 다시 판을 짤 수 있다. 더 큰 시야로 더 자유로운 방법을 포용하면서.

10년 정도 뒤에 나를 보면 이 시기는 또 아무것도 아니라고 말할 게 분명하니까. 나만 그런 것도 아닐 테니.